L'Ami retrouvé

Titre original: *Reunion*.

© Fred Uhlman, 1971 pour le texte.
© Éditions Gallimard, 1978 pour la traduction française.
© Éditions Belin/Éditions Gallimard, 2012 pour l'introduction, les notes et le dossier pédagogique.

ISBN 978-2-7011-6161-7
ISSN 1958-0541

L'Ami retrouvé

FRED UHLMAN

Traduit de l'anglais par Léo Lack

Dossier par Claire de La Rochefoucauld
Certifiée de lettres modernes

BELIN ■ GALLIMARD

Sommaire

Introduction   7

Chapitres 1 à 6   11
Arrêt sur lecture 1   34
Étudier la mise en place du récit

Chapitres 7 à 15   41
Arrêt sur lecture 2   81
*Comprendre comment le contexte
historique influe sur l'intrigue*

Chapitres 16 à 19   87
Arrêt sur lecture 3   106
Analyser le dénouement du récit

Arrêt sur l'œuvre

Des questions sur l'ensemble de l'œuvre 113

Des mots pour mieux écrire 114
Lexique du passé
Lexique de l'amitié

À vous de créer 116

Du texte à l'image 119

Groupements de textes

Éloges de l'amitié 120

Douloureux souvenirs 129

Autour de l'œuvre

Interview imaginaire de Fred Uhlman 136

Contexte historique 139

Repères chronologiques 141

Les grands thèmes de l'œuvre 142
L'amitié
Histoire et fiction

Vers l'écrit du Brevet

146

Fenêtres sur...

151

Des ouvrages à lire, des films à voir, des œuvres d'art à découvrir
et des sites Internet à consulter

Introduction

En 1971, Fred Uhlman est âgé de soixante-dix ans lorsqu'il fait paraître son premier livre, *Reunion*, écrit en anglais. Le roman connaît d'emblée un succès retentissant : il est traduit en plus d'une dizaine de langues et devient ainsi en français *L'Ami retrouvé*. Il est adapté au cinéma quelques années plus tard.

Ce succès s'explique probablement par le sujet du livre : la poignante amitié de Hans, fils de médecin juif, et de Conrad, descendant d'une prestigieuse famille. Cette histoire d'amitié se déroule dans un contexte historique particulier : les années 1930 en Allemagne, moment où le parti nazi s'impose et où Hitler arrive au pouvoir. À travers ce roman, Fred Ulhman montre comment les souvenirs de jeunesse peuvent marquer à jamais celui qui les a vécus.

À Paul et Millicent Bloomfield.

Il entra dans ma vie en février 1932 pour n'en jamais sortir. Plus d'un quart de siècle a passé depuis lors, plus de neuf mille journées fastidieuses et décousues[1], que le sentiment de l'effort ou du travail sans espérance contribuait à rendre vides, des années
5 et des jours, nombre d'entre eux aussi morts que les feuilles desséchées d'un arbre mort.

Je puis me rappeler le jour et l'heure où, pour la première fois, mon regard se posa sur ce garçon qui allait devenir la source de mon plus grand bonheur et de mon plus grand désespoir. C'était
10 deux jours après mon seizième anniversaire, à trois heures de l'après-midi, par une grise et sombre journée d'hiver allemand. J'étais au Karl Alexander Gymnasium à Stuttgart, le lycée le plus renommé du Wurtemberg[2], fondé en 1521, l'année où Luther[3] parut devant Charles Quint, empereur du Saint Empire et roi
15 d'Espagne.

Je me souviens de chaque détail : la salle de classe avec ses tables et ses bancs massifs, l'aigre odeur de quarante manteaux d'hiver humides, les mares de neige fondue, les traces jaunâtres sur les murs gris là où, avant la révolution, étaient accrochés les portraits
20 du Kaiser Guillaume et du roi du Wurtemberg. En fermant les yeux, je vois encore les dos de mes camarades de classe, dont

---

1. **Fastidieuses et décousues** : lassantes et désordonnées.
2. **Wurtemberg** : région du Sud-Ouest de l'Allemagne.
3. **Martin Luther** (1483-1546) : théologien allemand dont les idées sont à l'origine de la création du protestantisme, en réaction à certains principes de l'Église catholique.

un grand nombre périrent plus tard dans les steppes russes ou dans les sables d'Alamein[1]. J'entends encore la voix lasse et désillusionnée de Herr[2] Zimmermann qui, condamné à enseigner
25 toute sa vie, avait accepté son sort avec une triste résignation. Il avait le teint jaune et ses cheveux sa moustache et sa barbe en pointe étaient teintés de gris. Il regardait le monde à travers un pince-nez[3] posé sur le bout de son nez avec l'expression d'un chien bâtard en quête de nourriture. Bien qu'il n'eût sans doute
30 pas plus de cinquante ans, il nous paraissait, à nous, en avoir quatre-vingts. Nous le méprisions parce qu'il était doux et bon et avait l'odeur d'un homme pauvre ; probablement n'y avait-il pas de salle de bains dans son logement de deux pièces. Durant l'automne et les longs mois d'hiver, il portait un costume tout
35 rapiécé, verdâtre et luisant (il avait un second costume pour le printemps et l'été). Nous le traitions avec dédain[4] et, de temps à autre, avec cruauté, cette lâche cruauté qui est celle de garçons bien portants à l'égard des faibles, des vieux et des êtres sans défense.
40 Le jour s'assombrissait, mais il ne faisait pas assez nuit pour éclairer la salle et, à travers les vitres, je voyais encore clairement l'église de la garnison, une affreuse construction de la fin du XIXᵉ siècle, pour le moment embellie par la neige recouvrant ses tours jumelles qui transperçaient le ciel de plomb. Belles aussi
45 étaient les blanches collines qui entouraient ma ville natale, au-delà de laquelle le monde semblait finir et le mystère commencer. J'étais somnolent, faisant de petits dessins, rêvant, m'arrachant parfois un cheveu pour me tenir éveillé, lorsqu'on frappa à la porte. Avant que Herr Zimmermann pût dire : « *Herein*[5] », parut

---

1. Les steppes russes, les sables d'Alamein : allusion aux batailles perdues par Hitler en Russie et en Égypte en 1942.
2. Herr : « monsieur », en allemand.
3. Pince-nez : lunettes fixées sur le nez par un ressort, sans montures.
4. Dédain : mépris.
5. *Herein* : « entrez », en allemand.

Chapitre 1

50 le professeur Klett, le proviseur. Mais personne ne regarda le
petit homme tiré à quatre épingles, car tous les yeux étaient
tournés vers l'étranger qui le suivait, tout comme Phèdre eût
pu suivre Socrate[1].

Nous le regardions fixement, comme si nous avions vu un
55 fantôme. Probablement tout comme les autres, ce qui me frappa
plus que son maintien plein d'assurance, son air aristocratique[2]
et son sourire nuancé d'un léger dédain, ce fut son élégance.
En matière de style vestimentaire, nous faisions à nous tous un
morne[3] assemblage. La plupart de nos mères avaient le sentiment
60 que n'importe quels vêtements étaient assez bons pour aller en
classe aussi longtemps qu'ils étaient faits d'étoffe solide et durable.
Nous ne nous intéressions encore aux filles que médiocrement,
de sorte que peu nous importait cet accoutrement[4] pratique
et de bon usage de vestes et de culottes courtes achetées dans
65 l'espoir qu'elles dureraient jusqu'à ce que nous devenions trop
grands pour elles.

Mais, pour lui, c'était différent. Il portait un pantalon de bonne
coupe et au pli impeccable qui, de toute évidence, n'était pas,
comme les nôtres, un vêtement de confection[5]. Son luxueux
70 costume gris clair était fait de tissu à chevrons[6] et, presque certainement, «garanti anglais». Sa chemise était bleu pâle et sa
cravate bleu foncé ornée de petits pois blancs. Par contraste, nos
cravates paraissaient sales, graisseuses et éraillées. Et bien que
nous considérions comme efféminée toute tentative d'élégance,
75 nous ne pouvions nous empêcher de regarder avec envie cette
image d'aisance et de distinction.

---

1. Dans un ouvrage du philosophe grec Platon (vers 427-347 av. J.-C.), Phèdre suit
l'enseignement du sage Socrate lors de promenades communes.
2. Aristocratique: noble.
3. Morne: triste.
4. Accoutrement: tenue vestimentaire (terme péjoratif).
5. Vêtement de confection: vêtement produit en série.
6. Chevrons: motifs en forme de *v*.

Le professeur Klett alla tout droit à Herr Zimmermann, lui murmura quelque chose à l'oreille et disparut sans que nous l'eussions remarqué parce que nos regards étaient concentrés sur
80 le nouveau venu. Il se tenait immobile et calme, sans le moindre signe de nervosité. Il paraissait, en quelque sorte, plus âgé et plus mûr que nous et il était difficile de croire qu'il n'était qu'un nouvel élève. S'il avait disparu aussi silencieusement et mystérieusement qu'il était entré, cela ne nous eût pas surpris.

85 Herr Zimmermann remonta son pince-nez, parcourut la salle de ses yeux fatigués, découvrit un siège vide juste devant moi, descendit de son estrade et, à l'étonnement de toute la classe, accompagna le nouveau venu jusqu'à la place qui lui était assignée[1]. Puis, inclinant légèrement la tête comme s'il avait presque
90 envie de le saluer, mais ne l'osait tout à fait, il retourna lentement vers l'estrade à reculons, ne cessant de faire face à l'étranger. Regagnant son siège, il s'adressa à lui: «Voudriez-vous, je vous prie, me donner votre nom, votre prénom, ainsi que la date et le lieu de votre naissance?»

95 Le jeune homme se leva. «Graf[2] von Hohenfels, Conrad, annonça-t-il, né le 19 janvier 1916 à Burg Hohenfels, Wurtemberg.» Puis il se rassit.

---

1. Assignée: attribuée.
2. Graf: «comte», en allemand (titre de noblesse).

Je regardais fixement cet étrange garçon, qui avait exactement mon âge, comme s'il était venu d'un autre monde. Non parce qu'il était comte. Il y avait plusieurs «von»[1] dans ma classe, mais ils ne semblaient pas différents de nous, qui étions des fils de marchands, de banquiers, de pasteurs[2], de tailleurs ou d'employés des chemins de fer. Il y avait Freiherr von Gall, un pauvre garçon, fils d'un officier en retraite dont les moyens ne lui permettaient de donner à ses enfants que de la margarine. Il y avait le baron von Waldeslust, dont le père avait un château près de Wimpfen-am-Neckar; un ancêtre de celui-ci avait été anobli pour avoir rendu au duc Eberhard Ludwig des services d'une nature douteuse. Nous avions même un prince Hubertus Schleim-Gleim-Lichtenstein, mais il était si stupide que même son ascendance princière[3] ne pouvait le préserver d'être la risée de tous.

Mais là, le cas était différent. Les Hohenfels faisaient partie de notre histoire. Il est vrai que leur château, situé entre Hohenstaufen, le Teck et Hohenzollern, était en ruine et que ses tours détruites laissaient à nu le cône de la montagne, mais leur célébrité était encore vivace[4]. Je connaissais leurs exploits aussi bien que ceux

---

1. Plusieurs «von»: plusieurs élèves portant un nom à particule, donc d'origine aristocratique.
2. Pasteurs: chefs religieux des protestants qui peuvent se marier et fonder une famille.
3. Ascendance princière: appartenance à une lignée royale.
4. Vivace: persistante, tenace.

20 de Scipion l'Africain, d'Hannibal ou de César[1]. Hildebrandt von
Hohenfels était mort en 1190 en essayant de sauver Frédéric Ier de
Hohenstaufen, le grand Barberousse, de la noyade dans le Cydnus
en Asie Mineure, rivière au courant rapide. Anno von Hohenfels
était l'ami de Frédéric II, le plus magnifique des Hohenstaufen,
25 Stupor Mundi[2]; il l'avait aidé à écrire *De arte venandi cum avibus*[3]
et mourut à Salerne en 1247 dans les bras de l'empereur. (Son
corps repose encore à Catane, dans un sarcophage de porphyre[4]
supporté par quatre lions.) Frédéric von Hohenfels, inhumé à
Kloster Hirschau, fut tué à Pavie après avoir fait prisonnier le
30 roi de France, François Ier. Waldemar von Hohenfels tomba à
Leipzig. Deux frères, Fritz et Ulrich, périrent à Champigny[5] en
1871, d'abord le plus jeune, puis l'aîné en essayant de le mettre
en lieu sûr. Un autre Frédéric von Hohenfels fut tué à Verdun[6].
    Et là, à quelque cinquante centimètres de moi, était assis un
35 membre de cette illustre famille de Souabe[7], partageant la même
salle que moi, sous mes yeux observateurs et fascinés. Le moindre
de ses mouvements m'intéressait : sa façon d'ouvrir son cartable
ciré, celle dont il disposait, de ses mains blanches et d'une irré-
prochable propreté (si différentes des miennes, courtes, mala-
40 droites et tachées d'encre), son stylo et ses crayons bien taillés,
celle dont il ouvrait et fermait son cahier. Tout en lui éveillait ma
curiosité : le soin avec lequel il choisissait son crayon, sa manière
de s'asseoir – bien droit, comme si, à tout moment, il dût avoir
à se lever pour donner un ordre à une armée invisible – et celle

---

1. Scipion l'Africain (235-180 av. J.-C.) : homme politique et général romain ; **Hannibal**
(247-183 av. J.-C.) : homme d'État carthaginois vaincu par Scipion ; **César** (100-44 av. J.-C.) :
général et empereur romain.
2. Stupor Mundi : « la stupeur du monde », surnom latin de l'empereur Frédéric II
(1194-1250).
3. *De arte venandi cum avibus* : « de l'art de chasser au moyen des oiseaux », en latin.
4. Sarcophage de porphyre : tombeau en roche colorée.
5. Champigny : bataille de la guerre franco-allemande de 1870.
6. Verdun : bataille très meurtrière de la Première Guerre mondiale (1916).
7. Illustre famille de Souabe : famille prestigieuse originaire du Sud de l'Allemagne.

45 de passer sa main dans ses cheveux blonds. Je ne relâchais mon attention que lorsque, comme tous les autres, il commençait à s'ennuyer et s'agitait en attendant la cloche de la récréation entre les cours. J'observais son fier visage aux traits joliment ciselés[1] et, en vérité, nul adorateur n'eût pu contempler Hélène
50 de Troie[2] plus intensément ou être plus convaincu de sa propre infériorité. Qui donc étais-je pour oser lui parler? Dans quels ghettos[3] d'Europe mes ancêtres avaient-ils croupi quand Frédéric von Hohenstaufen avait tendu à Anno von Hohenfels sa main ornée de bagues? Que pouvais-je donc, moi, fils d'un médecin
55 juif, petit-fils et arrière-petit-fils d'un rabbin[4] et d'une lignée de petits commerçants et de marchands de bestiaux, offrir à ce garçon aux cheveux d'or dont le seul nom m'emplissait d'un tel respect mêlé de crainte?

Comment, dans toute sa gloire, serait-il capable de comprendre
60 ma timidité, ma susceptible fierté, ma peur d'être blessé? Qu'avait-il, lui, Conrad von Hohenfels, de commun avec moi, Hans Schwarz, dépourvu d'assurance et de grâce mondaine[5]?

Chose étrange, je n'étais pas le seul à éprouver de la nervosité à lui parler. Presque tous les autres semblaient l'éviter. Généralement
65 grossiers en paroles et en actions, toujours prêts à s'interpeller par des sobriquets[6] dégoûtants (Punaise, Saucisse, Cochon, Tête-de-Lard), se bousculant avec ou sans provocation, tous étaient silencieux et gênés en sa présence, lui laissant le passage chaque fois qu'il se levait et où qu'il allât. Ils semblaient, eux aussi, être
70 sous un charme. Si l'un de nous avait osé paraître habillé comme Hohenfels, il se fût exposé à un ridicule sans merci. On eût dit que Herr Zimmermann lui-même craignait de le déranger.

---

1. Ciselés: sculptés.
2. Hélène de Troie: dans la mythologie grecque, reine de Sparte, réputée pour sa beauté.
3. Ghettos: depuis le Moyen Âge, nom donné aux quartiers où les Juifs étaient cantonnés.
4. Rabbin: chef religieux d'une communauté juive.
5. Grâce mondaine: aisance en compagnie de personnes raffinées.
6. Sobriquets: surnoms familiers.

Autre chose encore. Ses devoirs du soir étaient corrigés avec le plus grand soin. Là où Zimmermann se bornait à écrire en marge
75 de mon cahier de brèves remarques, telles que « Mal construit », « Que signifie ceci ? » ou « Pas trop mal », « Moins de négligence, s'il vous plaît », son travail à lui était corrigé avec une profusion d'observations et d'explications qui devaient avoir coûté à notre professeur nombre de minutes de corvée supplémentaire.
80 Il paraissait ne pas se soucier d'être abandonné à lui-même. Peut-être en avait-il l'habitude. Mais il ne donnait jamais la plus légère impression de morgue ou de vanité[1] ni du moindre désir conscient d'être différent des autres élèves, à une exception près : à notre encontre, il était toujours extrêmement poli, souriait quand
85 on lui parlait et tenait la porte ouverte lorsque quelqu'un désirait quitter la salle. Et pourtant, les garçons semblaient avoir peur de lui. Je ne puis que supposer que c'était le mythe[2] des Hohenfels qui, ainsi que moi, les rendait timides et les embarrassait.

Le prince et le baron eux-mêmes le laissèrent d'abord de côté,
90 mais, une semaine après son arrivée, je vis tous les « von » s'approcher de lui pendant la récréation qui suivit le second cours. Le prince lui parla, puis le baron et le Freiherr[3]. Je ne pus saisir que quelques mots : « Ma tante Hohenlohe », « Maxie a dit » (qui était « Maxie » ?). D'autres noms furent cités qui, de toute évidence,
95 leur étaient à tous familiers. Certains d'entre eux provoquèrent l'hilarité[4] générale, d'autres furent prononcés avec toutes les marques possibles de respect, presque murmurés, comme si un personnage royal était présent. Mais cette conversation sembla n'aboutir à rien. Par la suite, lorsqu'ils se croisaient, ils se bornaient
100 à des signes de tête et à des sourires et à échanger quelques mots, mais Conrad paraissait aussi réservé que jamais.

---

1. De morgue ou de vanité : d'arrogance ou d'orgueil.
2. Mythe : ici, histoire prestigieuse.
3. Freiherr : titre honorifique allemand.
4. Hilarité : explosion de rire.

Quelques jours plus tard, ce fut le tour du « Caviar de la Classe ». Trois garçons, Reutter, Müller et Frank, étaient connus sous ce sobriquet parce qu'ils faisaient bande à part dans la conviction
105 qu'eux seuls parmi nous étaient destinés à faire carrière dans le monde[1]. Ils allaient au théâtre et à l'Opéra, lisaient Baudelaire, Rimbaud et Rilke[2], parlaient de paranoïa et du ça[3], s'enthousiasmaient pour *Dorian Gray* et *La Saga des Forsyte*[4], et, bien entendu, s'admiraient mutuellement. Le père de Frank était
110 un riche industriel et ils se réunissaient régulièrement chez lui, où ils rencontraient quelques acteurs et actrices, un peintre qui allait de temps à autre à Paris pour voir « mon ami Pablo[5] » et plusieurs dames qui avaient des ambitions et des relations littéraires. On leur donnait la permission de fumer et ils appelaient
115 les actrices par leur prénom.

Après avoir décidé à l'unanimité qu'un von Hohenfels serait une aubaine pour leur coterie[6], ils l'abordèrent, non sans agitation. Frank, le moins nerveux des trois, l'arrêta comme il sortait de la classe. Il bredouilla quelque chose à propos de « notre petit
120 salon », de lectures de poèmes, du besoin de se défendre contre le *profanum vulgus*[7] et ajouta qu'ils seraient honorés s'il voulait se joindre à leur *Literaturbund*[8]. Hohenfels, qui n'avait jamais entendu parler du Caviar, sourit poliment, dit qu'il était terriblement occupé « pour le moment », et laissa les trois matois[9] frustrés.

---

1. Faire carrière dans le monde : réussir dans la haute société.
2. Charles Baudelaire (1821-1867) : poète français ; **Arthur Rimbaud** (1854-1891) : poète français ; **Rainer Maria Rilke** (1875-1926) : poète autrichien.
3. Paranoïa, ça : notions énoncées par Sigmund Freud (1856-1939) lorsqu'il a théorisé la psychanalyse, discipline consacrée à l'étude de la pensée consciente et inconsciente.
4. *Le Portrait de Dorian Gray* : roman d'Oscar Wilde (1854-1900) ; *La Saga des Forsyte* : roman de John Galsworthy (1867-1933).
5. Mon ami Pablo : allusion au peintre Pablo Picasso (1881-1973).
6. Coterie : groupe, association.
7. Le *profanum vulgus* : « la foule ignorante », en latin, c'est-à-dire les gens non instruits.
8. *Literaturbund* : « groupe littéraire », en allemand.
9. Matois : garçons malins, rusés.

Je ne puis me rappeler exactement le jour où je décidai qu'il fallait que Conrad devînt mon ami, mais je ne doutais pas qu'il le deviendrait. Jusqu'à son arrivée, j'avais été sans ami. Il n'y avait pas, dans ma classe, un seul garçon qui répondît à mon roma-
5 nesque idéal de l'amitié, pas un seul que j'admirais réellement, pour qui j'aurais volontiers donné ma vie et qui eût compris mon exigence d'une confiance, d'une abnégation[1] et d'un loyalisme[2] absolus. Tous m'apparaissaient comme des Souabes bien portants et dépourvus d'imagination, plus ou moins lourds et assez insi-
10 gnifiants, et les membres du Caviar eux-mêmes n'y faisaient pas exception. La plupart d'entre eux étaient gentils et je m'entendais assez bien avec eux. Mais tout comme je n'avais pas pour eux de sympathie particulière, ils n'en avaient pas pour moi. Je n'allais jamais chez eux et ils ne venaient jamais chez moi. Peut-être une
15 autre raison de ma froideur était-elle due à ce que tous avaient l'esprit terriblement positif et savaient déjà ce qu'ils seraient plus tard : avocats, officiers, professeurs, pasteurs, banquiers. Moi seul n'en avais aucune idée ; je me bornais à de vagues rêveries et à des désirs plus vagues encore. Je ne souhaitais qu'une chose :
20 voyager, et je croyais que je serais un jour un grand poète.

J'ai hésité avant d'écrire : « un ami pour qui j'aurais volontiers donné ma vie ». Mais, même après trente années écoulées, je

---

1. **Abnégation** : dévouement, sens du sacrifice.
2. **Loyalisme** : fidélité sans faille.

crois que ce n'était pas une exagération et que j'eusse été prêt
à mourir pour un ami, presque avec joie. Tout comme je tenais
25 pour naturel qu'il fût *dulce et decorum pro Germania mori*[1], j'eusse
admis que mourir *pro amico*[2] était également *dulce et decorum*[3].
Entre seize et dix-huit ans, les jeunes gens allient parfois une
naïve innocence et une radieuse pureté de corps et d'esprit à un
besoin passionné d'abnégation absolue et désintéressée. Cette
30 phase ne dure généralement que peu de temps, mais, à cause
de son intensité et de son unicité, elle demeure l'une des expériences les plus précieuses de la vie.

---

1. *Dulce et decorum pro Germania mori* : «doux et glorieux de mourir pour l'Allemagne»,
en latin. Il s'agit de la transformation d'une citation tirée des *Odes* du poète latin Horace
(Ier siècle av. J.-C.).
2. *Pro amico* : «par amitié», en latin.
3. *Dulce et decorum* : «doux et glorieux», en latin.

Tout ce que je savais alors était qu'il allait devenir mon ami. Tout m'attirait vers lui, d'abord, et avant tout, la gloire de son nom qui, pour moi, le distinguait de tous les autres garçons, y compris les «von» (comme j'eusse été plus attiré par la duchesse de Guermantes[1] que par une Mme Meunier). Puis la fierté de son maintien, ses manières, son élégance, sa beauté – et qui eût pu y rester tout à fait insensible? – me donnaient fortement à croire que j'avais enfin trouvé quelqu'un qui répondait à mon idéal d'un ami.

Le problème était de l'attirer vers moi. Que pouvais-je lui offrir, à lui qui avait aimablement mais avec fermeté repoussé les aristocrates et le Caviar? Comment pouvais-je le conquérir lorsqu'il était retranché derrière les barrières de la tradition, sa fierté naturelle et sa morgue acquise? De plus, il semblait parfaitement satisfait d'être seul et de rester à l'écart des autres élèves, auxquels il ne se mêlait que parce qu'il le fallait.

Comment attirer son attention, comment le pénétrer[2] du fait que j'étais différent de ce morne troupeau, comment le convaincre que moi seul devais être son ami? C'était là un problème auquel je n'avais aucune réponse précise. Je savais instinctivement qu'il me

---

1. La duchesse de Guermantes: personnage d'*À la recherche du temps perdu* de Marcel Proust (1871-1922); elle se caractérise par sa grâce et sa distinction.
2. Pénétrer: persuader.

fallait me mettre en relief[1]. Je commençai soudain à prendre un intérêt nouveau à ce qui se passait en classe. Normalement, j'étais heureux d'être abandonné à mes rêves, de n'être pas dérangé par des questions ou des problèmes, attendant que la cloche me libérât de ces fastidieuses besognes. Il n'y avait eu pour moi aucune raison particulière de faire impression sur mes camarades. Puisque je passais avec succès mes examens, qui ne me réclamaient pas un grand effort, pourquoi me donner du mal? Pourquoi faire impression sur les professeurs, ces vieillards las et sans illusions qui nous disaient que *non scholae sed vitae discimus*[2], alors que c'était, me semblait-il, le contraire?

Mais je commençai donc à m'animer. Je saisissais l'occasion de me manifester chaque fois que j'avais quelque chose à dire. Je discutais de *Madame Bovary* et de l'existence ou de la non-existence d'Homère, j'attaquais Schiller, je qualifiais Heine de poète pour voyageurs de commerce et proclamais Hölderlin le plus grand poète d'Allemagne, «plus grand même que Goethe[3]». Jetant un regard en arrière, je vois combien tout cela était puéril[4], mais, à coup sûr, j'électrisai mes professeurs et attirai même l'attention du Caviar. Les résultats me surprirent également. Les maîtres, qui s'étaient désintéressés de moi, eurent soudain l'impression que leurs efforts, en fin de compte, n'avaient pas été perdus et qu'ils étaient enfin récompensés de leur peine. Ils se tournèrent vers moi avec un espoir renouvelé et une joie touchante, presque pathétique[5]. Ils me demandèrent de traduire et d'expliquer des

---

1. **En relief**: en avant.
2. *Non scholae sed vitae discimus*: on n'étudie pas pour l'école mais pour la vie (proverbe latin).
3. *Madame Bovary*: roman de l'écrivain français Gustave Flaubert (1821-1880); **Homère** (VIIIᵉ siècle av. J.-C.): poète grec qui aurait été l'auteur de *L'Iliade* et de *L'Odyssée*; **Friedrich von Schiller** (1759-1805): poète et dramaturge allemand; **Heinrich Heine** (1797-1856): poète allemand; **Friedrich Hölderlin** (1770-1843): poète et philosophe allemand; **Johann Wolfgang von Goethe** (1749-1832): écrivain allemand.
4. **Puéril**: peu mature, ridicule.
5. **Pathétique**: fortement émouvante, déchirante.

scènes de *Faust* et de *Hamlet* [1], ce que je fis avec un réel plaisir et, je crois, quelque compréhension.

Mon second effort déterminé se déploya au cours des quelques heures consacrées aux exercices physiques. En ce temps-là –
50 peut-être est-ce aujourd'hui différent – nos professeurs, au Karl Alexander Gymnasium, tenaient le sport pour un luxe. Courir après un ballon pour le botter, comme cela se faisait en Amérique et en Angleterre, leur apparaissait comme une terrible perte d'un temps précieux qui eût pu être employé avec plus
55 de profit à acquérir un peu de savoir. Deux heures par semaine pour fortifier son corps était considéré comme plus que suffisant. Notre professeur de gymnastique, Max Loehr, surnommé Max-les-Biceps, un petit homme vigoureux et bruyant, brûlait [2] désespérément de développer notre poitrine, nos bras et nos
60 jambes aussi intensément que possible dans le temps réduit mis à sa disposition. Il utilisait à cet effet trois instruments de torture d'une notoriété [3] internationale : la barre fixe, les barres parallèles et le cheval d'arçon. La formule habituelle était une course autour de la salle, puis des exercices de flexion et d'extension. Après
65 cette mise en train, Max-les-Biceps allait à son instrument préféré, la barre fixe, et nous montrait quelques exercices, aussi faciles pour lui qu'enjamber une bûche, mais extrêmement difficiles pour la plupart d'entre nous. Il demandait habituellement à l'un des garçons les plus agiles de rivaliser avec sa démonstration et,
70 parfois, me choisissait. Mais, dans les derniers mois, il avait le plus souvent désigné Eisemann, qui aimait à se faire valoir et voulait en tout cas être officier dans la Reichswehr [4].

Cette fois, j'étais déterminé à intervenir. Max-les-Biceps retourna à la barre fixe, se tint sous elle au garde à vous, étendit les bras, puis

---

1. *Faust* : tragédie de Johann Wolfgang von Goethe (1749-1832) ; *Hamlet* : tragédie de William Shakespeare (1564-1616).
2. Brûlait : ne songeait qu'à.
3. Notoriété : renommée.
4. Reichswehr : nom de l'armée allemande jusqu'en 1935.

75 sauta avec élégance et saisit la barre dans sa poigne de fer. Avec une aisance et une adresse incroyables, il souleva lentement son corps, pouce à pouce, jusqu'à la barre et s'y appuya. Il se tourna alors à droite, étendit les deux bras, revenant à son ancienne position, se tourna à gauche et reprit la position de repos. Mais,
80 tout à coup, il parut tomber et, pour un moment, resta accroché à la pliure des genoux, ses mains touchant presque le sol. Il se mit à tourner lentement, puis de plus en plus vite, jusqu'à ce qu'il regagnât sa place sur la barre. Alors, d'un mouvement rapide et admirable, il s'élança dans le vide et atterrit sur ses orteils avec
85 un bruit mat et des plus légers. Son habileté semblait rendre l'exploit facile, mais, de fait, il réclamait une maîtrise absolue, un équilibre merveilleux, et aussi du sang-froid. Sur ces trois qualités, j'avais un peu des deux premières, mais je ne puis dire que j'étais très courageux. Souvent, à la dernière minute, je doutais
90 d'y arriver. À peine osais-je lâcher la barre et, quand je le faisais, il ne m'entrait jamais dans la tête que je pourrais le faire presque aussi bien que Max-les-Biceps. Il y avait là la différence entre un jongleur capable de garder six balles en l'air et quelqu'un qui est reconnaissant d'être à même d'en manier trois.
95 En cette occasion particulière, je fis un pas en avant dès que Max eut terminé sa démonstration et le regardai bien en face. Il hésita une seconde, puis : « Schwarz », dit-il.

J'allai lentement jusqu'à la barre, me tins au garde à vous et sautai. Comme le sien, mon corps s'appuya sur la barre. Je par-
100 courus la salle du regard. Je vis Max au-dessous de moi, prêt à intervenir en cas de ratage. Silencieux, les garçons m'observaient. Je regardai Hohenfels et, quand je vis ses yeux fixés sur moi, je soulevai mon corps de droite à gauche, puis de gauche à droite, restai accroché à la pliure des genoux, puis me haussai sur la
105 barre et m'y appuyai une seconde. Je n'éprouvais aucune crainte, mais un seul désir : celui de vaincre. C'est pour *lui* que j'allais réussir. Je me dressai soudain à la verticale, sautai par-dessus la barre, me projetai en l'air… puis floc !

J'étais du moins sur mes pieds.

110   Il y eut quelques petits rires réprimés[1], mais quelques garçons applaudirent. Certains d'entre eux n'étaient pas de si mauvais bougres…

Demeurant immobile, je tournai les yeux vers *lui*. Conrad, inutile de le dire, n'avait pas ri. Il n'avait pas non plus applaudi.
115 Mais il *me* regardait.

Quelques jours plus tard, je vins au lycée avec quelques pièces de monnaie grecques (je collectionnais les pièces de monnaie depuis l'âge de douze ans). J'avais apporté une drachme d'argent corinthienne, un hibou de Pallas Athéna, une effigie d'Alexandre
120 le Grand [2], et, dès qu'il approcha de sa place, je fis semblant de les examiner à la loupe. Il me vit les regarder et, ainsi que je l'avais espéré, la curiosité l'emporta sur sa réserve. Il me demanda la permission de les regarder aussi. À sa façon de manipuler les pièces, je vis qu'il s'y connaissait. Il avait du collectionneur la
125 manière de palper les objets bien aimés et le regard appréciateur et caressant. Il me dit qu'il collectionnait, lui aussi, les pièces de monnaie, possédait le hibou, mais non mon effigie d'Alexandre. En revanche, il comptait dans sa collection quelques pièces que je n'avais pas.

130   Nous fûmes interrompus à ce moment par l'entrée du professeur et, quand vint la récréation de dix heures, Conrad parut avoir perdu tout intérêt aux pièces et quitta la salle sans même me regarder. Pourtant, je me sentais heureux. C'était la première fois qu'il m'avait parlé et j'étais déterminé à ce qu'elle ne fût
135 pas la dernière.

---

1. Réprimés : contenus.
2. Il s'agit de pièces de monnaie antiques.

Trois jours plus tard, le 15 mars – je n'oublierai jamais cette date –, je rentrais de l'école par une douce et fraîche soirée de printemps. Les amandiers étaient en fleur, les crocus[1] avaient fait leur apparition, le ciel était bleu pastel et vert d'eau, un ciel
5 nordique avec un soupçon de ciel italien. J'aperçus Hohenfels devant moi. Il semblait hésiter et attendre quelqu'un. Je ralentis le pas – j'avais peur de le dépasser – mais il me fallait continuer mon chemin, car ne pas le faire eût été ridicule et il eût pu se méprendre[2] sur mon hésitation. Quand je l'eus presque rat-
10 trapé, il se retourna et me sourit. Puis, d'un geste étrangement gauche et encore indécis, il serra ma main tremblante. « C'est toi, Hans ! » dit-il, et, tout à coup, je me rendis compte, à ma joie, à mon soulagement et à ma stupéfaction, qu'il était aussi timide que moi et, autant que moi, avait besoin d'un ami.
15 Je ne puis guère me rappeler ce que Conrad me dit ce jour-là ni ce que je lui dis. Tout ce que je sais est que, pendant une heure, nous marchâmes de long en large comme deux jeunes amoureux, encore nerveux, encore intimidés, mais je savais en quelque sorte que ce n'était là qu'un commencement et que,
20 dès lors, ma vie ne serait plus morne et vide, mais pleine d'espoir et de richesse pour tous deux.

---

1. **Crocus** : plantes à fleurs.
2. **Se méprendre** : se tromper.

Quand je le quittai enfin, je courus sur tout le chemin du retour. Je riais, je parlais tout seul, j'avais envie de crier, de chanter, et je trouvai très difficile de ne pas dire à mes parents combien j'étais
25   heureux, que toute ma vie avait changé et que je n'étais plus un mendiant, mais riche comme Crésus[1]. Mes parents étaient, grâce à Dieu, trop absorbés pour observer le changement qui s'était fait en moi. Ils étaient habitués à mes expressions maussades[2] et ennuyées, à mes réponses évasives[3] et à mes silences
30   prolongés, qu'ils attribuaient aux troubles de la croissance et à la mystérieuse transition de l'adolescence à l'âge viril. De temps à autre, ma mère avait essayé de pénétrer mes défenses et tenté une ou deux fois de me caresser les cheveux, mais elle y avait depuis longtemps renoncé, découragée par mon obstination et
35   mon manque de réceptivité.

Mais, plus tard, une réaction se produisit. Je dormis mal parce que j'appréhendais le lendemain matin. Peut-être m'avait-il déjà oublié ou regrettait-il sa reddition[4]? Peut-être avais-je commis une erreur en lui laissant voir à quel point j'avais besoin de son amitié?
40   Aurais-je dû me montrer plus prudent, plus réservé? Peut-être avait-il parlé de moi à ses parents et lui avaient-ils conseillé de ne pas se lier d'amitié avec un Juif? Je continuai à me torturer ainsi jusqu'au moment où je tombai enfin dans un sommeil agité.

---

1. Riche comme Crésus: sous l'Antiquité, Crésus était connu pour sa fortune. La comparaison est ici employée au sens figuré: le narrateur fait allusion aux richesses du cœur.
2. Maussades: moroses, tristes.
3. Évasives: incertaines, vagues.
4. Reddition: abandon, capitulation.

Mais toutes mes craintes s'avérèrent sans fondement. Dès que j'entrai dans la classe, Conrad se leva et vint s'asseoir près de moi. Son plaisir à me voir était si sincère, si évident, que moi-même, avec ma défiance innée[1], je perdis toute crainte. D'après ses propos, il était clair qu'il avait parfaitement dormi et n'avait pas un seul instant douté de ma sincérité. Je me sentis honteux de l'avoir jamais soupçonné.

Nous fûmes dès lors inséparables. Nous quittions toujours l'école ensemble – nos domiciles se trouvant dans la même direction – et il m'attendait tous les matins. Étonnée au début, toute la classe prit bientôt notre amitié pour argent comptant, sauf Bollacher, qui nous surnomma plus tard « Castor et Pollack[2] », et le Caviar, qui décida de nous tenir à l'écart.

Les quelques mois qui suivirent furent les plus heureux de ma vie. Avec la venue du printemps, toute la campagne ne fut qu'une immense floraison, les cerisiers et les pommiers, les poiriers et les pêchers, tandis que les peupliers prenaient leur couleur argentée et les saules leur teinte jaune citron. Les collines bleuâtres de la Souabe, pleines de douceur et de sérénité, étaient couvertes de vignobles et de vergers et couronnées de châteaux. Ces petites

---

1. Défiance innée : méfiance naturelle.
2. Dans la mythologie grecque, Castor et Pollux sont des jumeaux. « Pollack » est un terme désignant les Juifs polonais de façon insultante. Il s'agit donc d'un jeu de mots injurieux.

villes médiévales avaient des mairies à hauts pignons[1] et, autour
de leurs fontaines, sur des colonnes entourées de gargouilles[2]
crachant de l'eau, se dressaient des ducs et des comtes souabes
portant des noms tels Eberhardt le Bien-aimé ou Ulrich le Ter-
25   rible, raides, comiques, moustachus, vêtus de lourdes armures.
Et le Neckar[3] coulait lentement autour d'îles plantées de saules.
De tout cela émanait un sentiment de paix, de confiance dans
le présent et d'espoir en l'avenir.

Le samedi, Conrad et moi prenions un train omnibus[4] pour aller
30   passer la nuit dans l'une de ces nombreuses et vieilles auberges
aux lourdes boiseries, où l'on pouvait trouver à bon marché une
chambre propre, une chère[5] excellente et du vin de la région.
Nous allions parfois dans la Forêt-Noire, où les sombres bois, qui
exhalaient l'odeur des champignons et des larmes ambrées des
35   lentisques[6], étaient émaillés de ruisseaux à truites sur les rives
desquels se dressaient des scieries. Il nous arrivait aussi de gagner
les sommets montagneux et, dans les bleuâtres lointains, nous
pouvions voir la vallée du Rhin au cours rapide, les Vosges bleu
lavande et la flèche de la cathédrale de Strasbourg. Ou bien le
40   Neckar nous tentait avec

ses vents légers, hérauts de l'Italie,
Et toi et tous tes peupliers, rivière bien-aimée.

ou le Danube[7] avec ses

arbres aux blanches floraisons, aux fleurs roses aussi, ou roussâtres,
45   *ses arbres sauvages aux feuilles d'un vert sombre.*

---

1. **Pignons**: parties supérieures des murs.
2. **Gargouilles**: sculptures représentant des créatures souvent grimaçantes, destinées
à évacuer l'eau des gouttières.
3. **Neckar**: rivière allemande.
4. **Omnibus**: qui s'arrête dans toutes les gares d'une ligne de chemin de fer.
5. **Chère**: nourriture.
6. **Larmes ambrées des lentisques**: odeur de résine provenant de petits arbres.
7. **Danube**: fleuve d'Europe, qui passe par l'Allemagne.

Chapitre 6

Nous choisissions parfois l'Hegau[1], où il y avait sept volcans éteints, ou le lac de Constance, le plus rêveur de tous les lacs. Nous allâmes un jour à Hohenstaufen, au Teck et à Hohenfels. Il ne subsistait pas la moindre pierre de ces forteresses, pas la
50 moindre piste pour marquer la route que les Croisés avaient suivie jusqu'à Byzance et Jérusalem. Non loin de là, se trouvait Tübingen, où Hölderlin-Hypérion[2], notre poète préféré, avait passé trente-six années de sa vie après avoir sombré dans la folie, *entrückt von den Göttern*, emporté par les dieux. Abaissant notre
55 regard sur la tour, la demeure de Hölderlin, sa douce prison, nous récitions notre poème favori :

> *Avec ses poiriers aux fruits jaunes,*
> *Ses innombrables rosiers sauvages,*
> *Le paysage se reflète dans le lac.*
60 > *Ô doux cygnes,*
> *Ivres de baisers,*
> *Qui plongez la tête*
> *Dans l'eau calme et sacrée.*
>
> *Et moi, où puis-je trouver*
65 > *Les fleurs en hiver,*
> *Les fleurs en hiver,*
> *Et là où luit le soleil,*
> *Là où est l'ombre de la terre ?*
> *Les murs se dressent,*
70 > *Muets et froids, et, dans le vent,*
> *Claquent des étendards[3] gelés.*

---

1. **Hegau** : chaîne de montagnes située en Allemagne.
2. **Hölderlin-Hypérion** : surnom donné au poète allemand Friedrich Hölderlin.
3. **Étendards** : drapeaux, bannières.

Un quiz pour commencer

Cochez les bonnes réponses.

❶ *Où le narrateur se trouve-t-il lorsque l'histoire débute ?*

- ☐ Dans une salle de classe du Karl Alexander Gymnasium.
- ☐ À la cantine du lycée Franz Schubert.
- ☐ Dans la cour de l'école Gerhard Richter.

❷ *Dans quelle ville l'histoire se déroule-t-elle ?*

- ☐ À Paris, en France.
- ☐ À Stuttgart, en Allemagne.
- ☐ À Vienne, en Autriche.

❸ *En quelle année l'action du récit débute-t-elle ?*

- ☐ En 1932.
- ☐ En 1939.
- ☐ En 1945.

❹ *Comment le narrateur se nomme-t-il ?*
- ❏ Hans Schwarz.
- ❏ Hans Swan.
- ❏ Hans Chwarts.

❺ *Quel âge le personnage principal a-t-il au début du récit ?*
- ❏ 36 ans.
- ❏ 16 ans.
- ❏ 17 ans.

❻ *Comment le nouvel élève se nomme-t-il ?*
- ❏ Freiherr von Gall.
- ❏ Le baron von Waldeslust.
- ❏ Conrad von Hohenfels.

❼ *Qui surnomme-t-on le « Caviar » ?*
- ❏ Baudelaire, Rimbaud et Rilke.
- ❏ Reutter, Müller et Frank.
- ❏ Homère, Schiller et Heine.

❽ *À quel moment de l'année Hans et Conrad deviennent-ils amis ?*
- ❏ En hiver.
- ❏ Au printemps.
- ❏ En été.

❾ *Quels loisirs Hans et Conrad partagent-ils ?*
- ❏ Lire de la poésie et collectionner les pièces de monnaie.
- ❏ Faire de la gymnastique et collectionner les cartes postales.
- ❏ Lire des romans d'aventures et collectionner les timbres.

Des questions pour aller plus loin

🐾 Étudier la mise en place du récit

Le récit d'un lycéen allemand en 1932

❶ Qui est le narrateur ? À quelle(s) personne(s) le récit est-il rédigé ?

❷ Après avoir relu les deux premiers chapitres, dressez la fiche d'identité du personnage principal : nom et prénom, situation familiale, origines sociales et culturelles, portrait physique, traits de caractère, projet professionnel, loisirs.

❸ **B2!** Quels événements agitent l'Allemagne en 1932 ? Effectuez des recherches sur Internet pour vous documenter (sur un site comme **www.college.clionautes.org**).

Un nouvel élève

❹ Relevez les expressions mélioratives qui caractérisent le nouvel arrivant. Montrez qu'il se distingue des autres élèves en comparant les termes employés pour décrire leurs tenues vestimentaires respectives.

❺ Quelle est la réaction de l'ensemble des élèves à la vue du nouvel arrivant ?

❻ Retrouvez le passage où le nouvel élève est nommé (chap. 1). Quel effet produisent l'emploi du discours direct et le choix d'avoir placé cette information à la fin du chapitre ?

❼ Que révèle le chapitre 2 sur les origines familiales du nouvel élève ? Appuyez-vous sur quelques citations pour répondre.

Une rencontre bouleversante

❽ Dans les deux premiers paragraphes du récit, relevez des expressions montrant que l'arrivée du nouvel élève a été un épisode marquant de la vie du narrateur.

❾ Pour quelles raisons Hans est-il d'emblée attiré par Conrad (chap. 4)?

❿ Dans le chapitre 4, identifiez les trois étapes de la stratégie mise en œuvre par Hans afin d'attirer l'attention de Conrad.

La naissance d'une amitié

⓫ « J'avais enfin trouvé quelqu'un qui répondait à mon idéal d'un ami » écrit le narrateur page 23. Relevez des citations qui exposent sa conception de l'amitié (chap. 3 et 4) et qualifiez celle-ci par deux adjectifs.

⓬ Relevez les deux comparaisons employées aux lignes 15 à 26 du chapitre 5 pour évoquer la naissance de l'amitié. Quel est l'effet produit?

⓭ Relevez les noms propres correspondant aux lieux visités ou aperçus lors des excursions des deux amis (chap. 6). En quoi l'atmosphère qui se dégage des paysages reflète-t-elle leur état d'esprit?

⓮ Relevez les termes et les expressions qui révèlent le bonheur de Hans (chap. 5 et 6).

> *Rappelez-vous!*
> Les premières pages d'un roman sont appelées incipit: elles donnent les informations essentielles à la compréhension du récit et posent les jalons de l'intrigue. Dans les premiers chapitres de *L'Ami retrouvé*, le lecteur découvre que le narrateur est aussi le personnage principal du récit. Ce dernier retrace une histoire d'amitié qui se déroule sur fond de montée du nazisme, dans l'Allemagne des années 1930.

De la lecture à l'écriture

Des mots pour mieux écrire

❶ *Complétez chacune des phrases suivantes avec les mots qui conviennent et accordez-les si nécessaire:* ébahi, épanoui, maussade, évasif.

a. Les parents de Hans étaient habitués à ce que leur fils affiche des expressions _____.
b. Il ne répondait à leurs questions que de façon _____.
c. C'est pourquoi ils furent _____ le jour où Hans rentra à la maison le sourire aux lèvres.
d. Hans était beaucoup plus _____ depuis qu'il s'était fait un ami.

❷ *Complétez le tableau suivant en nommant les émotions ou les sentiments évoqués par le narrateur au chapitre 5.*

Citation	Émotion ou sentiment exprimé(e)
«je riais, je parlais tout seul, j'avais envie de crier, de chanter, et je trouvai très difficile de ne pas dire à mes parents combien j'étais heureux» (p. 30).	
«je dormis mal parce que j'appréhendais le lendemain matin» (p. 30).	
«Peut-être avais-je commis une erreur en lui laissant voir à quel point j'avais besoin de son amitié? Aurais-je dû me montrer plus prudent, plus réservé?» (p. 30).	

À vous d'écrire

❶ Au chapitre 5, Hans et Conrad rentrent de l'école ensemble pour la première fois. Hans raconte son hésitation, puis sa joie de discuter avec Conrad. Relisez ce chapitre puis réécrivez-le en adoptant le point de vue de Conrad.
Consigne. Votre récit, d'une vingtaine de lignes, décrira la scène à travers le regard de Conrad. Vous écrirez à la première personne du singulier et insisterez sur les sentiments et les émotions de Conrad.

❷ Une personne hors du commun est venue au collège (sportif, acteur...). Pour le journal du collège, rédigez un article de presse rendant compte de cet événement.
Consigne. Votre article, d'une trentaine de lignes, présentera la rencontre ainsi que trois ou quatre témoignages d'élèves.

Du texte à l'image

➡ Photographie tirée de l'adaptation cinématographique de *L'Ami retrouvé* par Jerry Schatzberg, 1988.
➡ Pablo Picasso, *La Lecture de la lettre*, huile sur toile, 1921.
(Images reproduites en début d'ouvrage, au verso de la couverture.)

👁 Lire l'image

❶ Observez attentivement les deux images et décrivez-les (technique, couleurs, composition, attitude des personnages).
❷ Montrez que la lettre tient une place centrale dans le tableau de Pablo Picasso.
❸ Quel geste similaire retrouve-t-on sur la photographie et sur la toile ? Que symbolise-t-il ?

Comparer le texte et l'image

❹ La photographie et le tableau présentent des personnages
en harmonie l'un avec l'autre. Retrouvez un passage du texte
qui exprime ce lien d'harmonie et de communion.

❺ Les personnages du tableau sont tous deux absorbés par la lecture
d'une lettre. En quoi cette attitude fait-elle écho à l'amitié de Hans
et de Conrad ?

À vous de créer

❻ Imaginez le contenu de la lettre lue par les personnages du tableau
de Pablo Picasso et écrivez-la. Respectez les règles de présentation
d'une lettre.

❼ **B2i** Rendez-vous sur le site du musée Picasso : **www.musee-picasso.fr**.
Cliquez sur l'onglet « Le musée » puis sur l'onglet « Accès aux
collections ». Observez les différentes œuvres de l'artiste et
sélectionnez celle que vous préférez. Rédigez un court paragraphe
expliquant votre choix à l'aide d'au moins trois arguments.

7

Ainsi se passaient les jours et les mois sans que rien ne trou-
blât notre amitié. Hors de notre cercle magique venaient des
rumeurs de perturbations politiques, mais le foyer d'agitation en
était éloigné : il se trouvait à Berlin, où, signalait-on, des conflits
éclataient entre nazis et communistes[1]. Stuttgart semblait aussi
calme et raisonnable que jamais. De temps à autre, il est vrai, se
produisaient des incidents mineurs. Des croix gammées faisaient
leur apparition sur les murs, un citoyen juif était molesté, quelques
communistes étaient rossés[2], mais, en général, la vie continuait
comme à l'ordinaire. Les *Höhenrestaurants*[3], l'Opéra et les terrasses
des cafés regorgeaient[4] de monde. Il faisait chaud, les vignobles
étaient chargés de grappes et les pommiers commençaient à ployer
sous le poids des fruits mûrissants. Les gens s'entretenaient de
l'endroit où ils iraient passer leurs vacances estivales, mes parents
parlaient de la Suisse et Conrad me dit qu'il irait rejoindre ses
parents en Sicile. Il n'y avait, semblait-il, aucun sujet d'inquié-
tude. La politique était l'affaire des adultes et nous avions nos
propres problèmes à résoudre. Et celui que nous trouvions le

1. **Nazis** : membres du parti national-socialiste allemand, qui ont proclamé leur appartenance à une race supérieure, les Aryens, et dont la volonté a été d'exterminer les
races dites «inférieures»; **communistes** : partisans du communisme, militant pour une
révolution de la société fondée sur l'égalité entre les individus.
2. **Molesté, rossés** : maltraités, battus.
3. *Höhenrestaurants* : restaurants jouissant d'une vue panoramique.
4. **Regorgeaient** : fourmillaient.

20 plus urgent était d'apprendre à faire de la vie le meilleur usage possible, indépendamment de découvrir le but de la vie, si tant est qu'elle en eût un, et quelle serait la condition humaine dans cet effrayant et incommensurable[1] cosmos. C'étaient là des questions d'une réelle et éternelle importance, beaucoup plus essentielles pour nous que l'existence de personnages aussi éphémères[2] et

25 ridicules que Hitler et Mussolini[3].

Puis survint une chose qui nous bouleversa tous deux et eut sur moi une grande répercussion.

Jusqu'alors, j'avais pris comme allant de soi l'existence d'un Dieu tout-puissant et bienveillant, créateur de l'univers. Mon père

30 ne m'avait jamais parlé de religion, me laissant le libre choix de ma croyance. Je surpris un jour une conversation où il disait à ma mère qu'en dépit du manque de[4] preuve contemporaine, il croyait qu'un Jésus historique avait existé, un Juif d'une grande douceur, d'une grande sagesse, qui enseignait la morale, un pro-

35 phète comme Jérémie ou Ézéchiel[5], mais ne pouvait absolument pas comprendre que quiconque pût tenir ce Jésus pour le « Fils de Dieu ». Il trouvait blasphématoire[6] et répugnante la conception d'un Dieu omnipotent[7] capable de regarder passivement son fils subir cette atroce et lente mort sur la croix, un « père » divin, qui

40 n'éprouverait même pas, comme un père humain, l'impulsion d'aller au secours de son enfant.

Cependant, bien que mon père eût exprimé son incrédulité dans la divinité du Christ[8], je crois que ses conceptions étaient plus

---

1. Incommensurable : si vaste qu'on ne peut en évaluer les dimensions.

2. Éphémères : de courte durée.

3. Adolf Hitler (1889-1945) : chef du parti nazi, à la tête de l'Allemagne à partir de 1933 ; **Benito Mussolini** (1883-1945) : dictateur italien au pouvoir de 1922 à 1943.

4. En dépit du manque de : malgré l'absence de.

5. Jérémie, Ézéchiel : dans l'Ancien Testament, prophètes, c'est-à-dire hommes choisis par Dieu pour transmettre et expliquer sa volonté.

6. Blasphématoire : injurieuse à l'égard de Dieu.

7. Omnipotent : ayant tout pouvoir.

8. Étant de culture juive, le père de Hans ne reconnaît pas, comme le croient les chrétiens, que Jésus-Christ ait été le fils de Dieu.

agnostiques qu'athées[1] et que si j'avais voulu me faire chrétien,
45 il ne s'y fût pas opposé, pas plus, d'ailleurs, que si j'avais voulu
me faire bouddhiste[2]. D'autre part, je suis à peu près sûr qu'il
eût tenté de m'empêcher de devenir prêtre de n'importe quelle
confession[3] parce qu'il eût tenu la vie monastique et contemplative[4] pour irrationnelle[5] et gâchée.
50 Quant à ma mère, elle paraissait se mouvoir, parfaitement
satisfaite, dans une situation confuse. Elle allait à la synagogue[6]
le jour du Grand Pardon[7], mais chantait *Stille Nacht, Heilige Nacht*[8]
à la Noël. Elle donnait de l'argent aux Juifs pour l'aide aux
enfants juifs en Pologne et aux chrétiens pour la conversion des
55 Juifs au christianisme. Quand j'étais enfant, elle m'avait appris
quelques simples prières dans lesquelles j'implorais Dieu de me
venir en aide, d'être bon pour papa, maman et notre petit chat.
Mais c'était à peu près tout. Comme mon père, elle semblait
n'avoir besoin d'aucune religion, mais elle était active, bonne
60 et généreuse, et convaincue que son fils suivrait l'exemple de
ses parents. C'est ainsi que j'avais grandi parmi les Juifs et les
chrétiens, laissé à moi-même et à mes idées personnelles sur
Dieu, sans croire absolument – ni douter sérieusement – qu'il
existât un être supérieur et bienveillant, que notre monde était
65 le centre de l'univers, et que nous étions, juifs et gentils, les
enfants préférés de Dieu.

---

1. Agnostiques: qui croient qu'il est impossible de savoir si Dieu existe ou non; **athées**: qui nient l'existence de Dieu.
2. Bouddhiste: qui se rattache au bouddhisme, doctrine philosophique et religieuse née en Inde qui consiste notamment à croire en la réincarnation.
3. Confession: religion.
4. Vie monastique et contemplative: vie des moines, consacrée à la méditation et à la prière.
5. Irrationnelle: absurde, déraisonnable.
6. Synagogue: lieu de culte des Juifs.
7. Jour du Grand Pardon: fête juive.
8. *Stille Nacht, Heilige Nacht*: «douce nuit, sainte nuit», en allemand. Il s'agit d'un chant de Noël chrétien célébrant la naissance de Jésus-Christ, il est donc inattendu que la mère de Hans le chante.

Or, nos voisins, Herr et Frau[1] Bauer, avaient deux filles âgées de quatre et sept ans et un garçon de douze ans. Je ne les connaissais que de vue – les enfants étaient trop jeunes pour que je pusse jouer avec eux – mais j'avais souvent observé, non sans envie, la façon dont parents et enfants s'ébattaient dans le jardin. Je me rappelais nettement comment le père poussait de plus en plus haut l'une des petites filles assise sur une balançoire, et comment la blancheur de sa robe et ses cheveux roux évoquaient une bougie allumée se mouvant avec rapidité entre les naissantes feuilles vert pâle des pommiers.

Un soir, alors que les parents étaient sortis et que la servante était allée faire une course, la maison de bois se trouva soudain en flammes et l'embrasement fut si rapide que les enfants avaient été brûlés vifs avant l'arrivée des pompiers. Je ne vis pas l'incendie ni n'entendis les cris de la servante et de la mère. Je n'appris la nouvelle que le lendemain quand je vis les murs noircis, les poupées carbonisées, ainsi que les cordes roussies de la balançoire qui pendaient comme des serpents de l'arbre presque calciné[2].

Cela m'ébranla comme rien ne l'avait fait auparavant. J'avais entendu parler de tremblements de terre qui avaient englouti des milliers de personnes, de coulées de lave brûlante qui avaient recouvert des villages entiers, d'océans où des îles s'étaient engouffrées. J'avais lu qu'un million d'âmes avaient été noyées par l'inondation du fleuve Jaune et deux millions par celle du Yang Tse-kiang[3]. Je savais qu'un million de soldats étaient morts à Verdun. Mais ce n'étaient là que des abstractions, des chiffres, des statistiques, des informations. On ne peut souffrir pour un million d'êtres.

---

1. **Herr et Frau** : « monsieur et madame », en allemand.
2. **Calciné** : brûlé, grillé.
3. **Fleuve Jaune, Yang Tse-kiang** : fleuves d'Asie.

95   Mais ces trois enfants, je les avais connus, je les avais vus de
mes propres yeux, c'était tout à fait différent. Qu'avaient-ils fait,
qu'avaient fait leurs pauvres parents pour mériter un tel sort?

Il me semblait qu'il n'y eût que cette alternative[1]: ou bien
aucun Dieu n'existait, ou bien il existait une déité[2], monstrueuse
100   si elle était toute-puissante et vaine[3] si elle ne l'était point. Une
fois pour toutes, je rejetai toute croyance en un être supérieur
et bienveillant.

Je parlai de tout cela à mon ami en propos passionnés et déses-
pérés. Quant à lui, élevé dans la stricte foi protestante, il refusa
105   d'accepter ce qui me paraissait alors la seule conclusion logique
possible: il n'existait pas de père divin ou, s'il existait, il ne se
souciait pas de l'humanité et, par conséquent était aussi inutile
qu'un dieu païen[4]. Conrad admit que ce qui était arrivé était
terrible et qu'il n'en pouvait trouver aucune explication. Certai-
110   nement, affirmait-il, il devait y avoir une réponse à cette question,
mais nous étions encore trop jeunes et inexpérimentés pour la
découvrir. De telles catastrophes survenaient depuis des millions
d'années, des hommes plus avertis que nous et plus intelligents
– des prêtres, des évêques, des saints – en avaient discuté et trouvé
115   des explications. Nous devions accepter leur sagesse supérieure
et nous montrer humblement[5] soumis.

Je rejetai farouchement tout cela, lui dis que peu m'importaient
les dires de tous ces vieux fumistes[6], que rien, absolument rien
ne pouvait ni expliquer ni excuser cette mort de deux petites
120   filles et d'un jeune garçon. «Ne les vois-tu pas brûler? m'écriai-je
avec désespoir. N'entends-tu pas leurs cris? Et tu as l'aplomb de

---

1. Alternative: choix entre deux possibilités.
2. Déité: divinité.
3. Vaine: inutile.
4. Dieu païen: dieu reconnu par des croyants polythéistes, par opposition aux trois
grandes religions monothéistes.
5. Humblement: modestement.
6. Fumistes: imposteurs.

justifier la chose parce que tu n'es pas assez courageux pour vivre sans ton Dieu. De quelle utilité est pour toi ou pour moi un Dieu impuissant et cruel? Un Dieu assis sur les nuages et tolérant la
125 malaria, le choléra[1], la famine et la guerre?»

Conrad me dit que lui-même ne pouvait donner aucune explication rationnelle, mais interrogerait son pasteur à ce sujet et, quelques jours plus tard, il revint, rassuré. Ce que j'avais dit était le débordement d'un écolier dépourvu de maturité d'esprit et
130 d'expérience. Le pasteur lui avait conseillé de ne pas écouter de tels blasphèmes et avait répondu pleinement et de façon satisfaisante à toutes ses questions.

Mais soit que le pasteur ne se fût pas exprimé assez clairement, soit que Conrad n'eût pas compris l'explication, il ne put, en
135 tout cas, me la préciser. Il dit un tas de choses à propos du mal et allégua[2] qu'il était nécessaire si nous voulions apprécier le bien, tout comme il n'y avait pas de beauté sans laideur, mais il ne réussit pas à me convaincre et nos discussions n'aboutirent qu'à une impasse.

140 Il se trouva que, juste à ce moment, je lisais pour la première fois des ouvrages sur les années-lumière, les nébuleuses, les galaxies, les soleils des milliers de fois plus grands que le nôtre, les millions et les milliards d'étoiles, les planètes des milliers de fois plus grandes que Mars, Vénus, Jupiter et Saturne[3]. Et,
145 pour la première fois, je me rendis nettement compte que je n'étais qu'une particule de poussière et que notre terre n'était qu'un caillou sur une plage parmi des millions de cailloux semblables. C'était apporter de l'eau à mon moulin. Ma conviction qu'il n'y avait pas de Dieu s'en trouva renforcée: comment lui
150 eût-il été possible de prendre intérêt à ce qui se passait sur tant de corps célestes? Et cette nouvelle découverte, alliée au choc

---

1. **Malaria, choléra**: maladies mortelles.
2. **Allégua**: donna pour argument.
3. **Mars, Vénus, Jupiter et Saturne**: planètes du système solaire.

que m'avait causé la mort des enfants, me conduisit, après un certain temps de complet désespoir, à une période de curiosité intense. Désormais, la question essentielle n'était plus de savoir
155 ce qu'était la vie, mais de décider de ce qu'il fallait faire de cette vie sans valeur, et pourtant, en quelque sorte, d'un prix unique. Comment l'employer? Pour quelle fin[1]? Seulement pour son propre bien? Pour le bien de l'humanité? Comment tirer le meilleur parti de cette mauvaise affaire?

160 Presque chaque jour, nous discutions à ce sujet, parcourant solennellement les rues de Stuttgart, levant souvent les yeux vers le ciel, vers Bételgeuse et Aldébaran[2], qui nous rendaient notre regard avec des yeux de serpent, étincelants, bleu azur, moqueurs, distants de millions d'années-lumière.

165 Mais ce n'était là que l'un des sujets qui faisaient l'objet de nos débats. Il y avait aussi les intérêts profanes[3], qui paraissaient beaucoup plus importants que la certitude de l'extinction de notre planète, encore éloignée de millions d'années, et de notre propre mort, qui nous semblait plus éloignée encore. Il y avait notre
170 intérêt commun pour les livres et la poésie, notre découverte de l'art, l'impact du postimpressionnisme et de l'expressionnisme[4], le théâtre, l'opéra.

Et nous parlions des filles. Par comparaison avec l'état d'esprit de l'adolescence à notre époque, nos conceptions à cet égard
175 étaient d'une incroyable naïveté. Pour nous, les filles étaient des êtres supérieurs d'une pureté fabuleuse qu'il ne fallait approcher que comme le faisaient les troubadours[5], avec une ferveur chevaleresque[6] et une adoration distante.

---

1. **Pour quelle fin**: dans quel but.
2. **Bételgeuse et Aldébaran**: étoiles.
3. **Profanes**: ordinaires, insignifiants, sans lien avec le sacré.
4. **Postimpressionnisme, expressionnisme**: courants artistiques contemporains de l'auteur.
5. **Troubadours**: poètes musiciens du Moyen Âge.
6. **Ferveur chevaleresque**: ardeur noble.

Je connaissais bien peu de filles. Chez nous, je voyais de temps
180 à autre deux cousines, des adolescentes, de mornes créatures
dépourvues de la moindre ressemblance avec Andromède ou
Antigone[1]. Je ne me souviens de l'une d'elles que parce qu'elle
se bourrait continuellement de gâteau au chocolat et de l'autre
que parce qu'elle semblait devenir muette dès que je paraissais.
185 Conrad avait plus de chance. Au moins rencontrait-il des filles
portant des noms captivants, telles Gräfin von Platow, baronne
von Henkel Donnersmark, et même une Jeanne de Montmorency,
qui, me l'avoua-t-il, lui était plus d'une fois apparue en rêve.

Au lycée, on ne parlait guère des filles. C'était du moins notre
190 impression à Conrad et à moi, bien qu'il eût pu se passer toutes
sortes de choses à notre insu puisque tous deux, comme le Caviar,
faisions la plupart du temps bande à part. Mais, jetant un regard
en arrière, je crois encore que la plupart des garçons, même ceux
qui se vantaient de leurs aventures, avaient plutôt peur des filles.
195 Et il n'y avait pas encore la télévision pour introduire la sexualité
au sein de la famille.

Mais je n'ai pas l'intention de prôner les mérites d'une innocence telle que la nôtre, dont je ne parle ici que comme l'un
des aspects de la vie que nous menions ensemble. Ce que je
200 m'efforce de faire en rapportant nos principaux objets d'intérêt,
nos peines, nos joies et nos problèmes, est de retrouver notre
état d'esprit et essayer de le dépeindre.

Nous tentions de résoudre seuls nos problèmes. Il ne nous venait
jamais à l'esprit de consulter nos parents. Ils appartenaient, nous
205 en étions convaincus, à un autre monde ; ils ne nous auraient pas
compris ou se seraient refusés à nous prendre au sérieux. Nous ne
parlions presque jamais d'eux ; ils nous semblaient aussi éloignés
que les nébuleuses[2], trop adultes, trop confinés dans des conven-
tions de toutes sortes. Conrad savait que mon père était médecin

1. **Andromède, Antigone** : personnages féminins de la mythologie grecque.
2. **Nébuleuses** : amas de gaz et de poussières d'étoiles.

210 et je savais que le sien avait été ambassadeur[1] en Turquie et au
Brésil, mais nous n'étions pas curieux d'en connaître davantage
et c'est peut-être ce qui explique pourquoi nous n'étions jamais
allés l'un chez l'autre. Nombre de nos discussions avaient lieu
en arpentant[2] les rues, ou assis sur un banc, ou debout sous une
215 porte cochère pour nous abriter de la pluie.

Un jour, alors que nous étions arrêtés devant chez moi, je
pensai soudain que Conrad n'avait jamais vu ma chambre, mes
livres et mes collections, de sorte que je lui dis, sous l'impulsion
du moment : « Pourquoi n'entrerais-tu pas ? »

220 Ne s'attendant pas à mon invitation, il hésita une seconde,
puis me suivit.

---

1. **Ambassadeur** : homme politique représentant son pays à l'étranger.
2. **En arpentant** : en parcourant.

8

La maison de mes parents, une modeste villa construite en pierre du pays, se dressait dans un petit jardin plein de pommiers et de cerisiers et était située dans un quartier connu dans le voisinage comme *die Höhenlage*[1] de Stuttgart. C'est là qu'habitaient les gens aisés et la riche bourgeoisie de la ville, l'une des plus belles et des plus prospères d'Allemagne. Entourée de collines et de vignobles, elle se trouve dans une vallée si étroite qu'il n'y a que peu de rues en terrain plat; la plupart d'entre elles commencent à grimper dès que l'on quitte la Königstrasse[2], l'artère principale de Stuttgart. En plongeant le regard du haut des collines, on a une vue remarquable des milliers de villas, le vieux et le nouveau Schloss[3], la Stiftskirche[4], l'Opéra, les musées et ce qui était autrefois les parcs royaux. Il y avait partout des *Höhenrestaurants* avec de spacieuses terrasses où les habitants de Stuttgart pouvaient passer les chaudes soirées d'été à boire du vin du Rhin ou du Neckar et à ingurgiter une énorme quantité de nourriture : du veau et des pommes de terre en salade, du Schnitzel Holstein, des Bodenseefelchen, des truites de la Forêt-Noire, du foie et du boudin avec de la choucroute, du Rehrücken avec des Preiselbeeren[5], du tournedos à la sauce béarnaise, et Dieu sait quoi d'autre, tous

1. *Die Höhenlage* : « les hauteurs », en allemand.
2. **Königstrasse** : « rue du roi », en allemand.
3. **Schloss** : « château », en allemand.
4. **Stiftskirche** : « collégiale » (type d'église), en allemand.
5. Plats traditionnels allemands.

ces plats suivis d'un choix fantastique de gâteaux nourrissants surmontés de crème fouettée. S'ils prenaient la peine de lever les yeux de leur assiette, ils pouvaient voir, entre les arbres et les buissons de laurier, les forêts qui s'étendaient dans le lointain et
25 le Neckar qui coulait lentement entre les escarpements, les châteaux, les peupliers, les vignobles et les vieilles cités pour gagner Heidelberg, le Rhin et la mer du Nord. Quand tombait la nuit, la vue était aussi magique que celle que l'on avait de Fiesole sur Florence. Des milliers de lumières brillaient, l'air était chaud
30 et embaumé de l'odeur du jasmin et du lilas[1], et, de tous côtés, montaient des voix, les chants et les rires des citoyens heureux, qui commençaient à devenir somnolents pour avoir trop mangé, ou amoureux pour avoir trop bu.

Au-dessous, dans la ville où la chaleur était accablante, les
35 rues portaient des noms qui rappelaient aux Souabes leur riche héritage : Hölderlin, Schiller, Mörike, Uhland, Wieland, Hegel, Schelling, David Friedrich Strauss, Hesse[2], les confirmant dans leur conviction qu'en dehors du Wurtemberg la vie ne valait guère d'être vécue et que nul Bavarois, Saxon, et surtout nul
40 Prussien ne pouvait leur venir à la cheville. Et leur fierté n'était pas tout à fait injustifiée. Dans cette ville de moins d'un demi-million d'habitants, il y avait plus de représentations d'opéras, de meilleurs théâtres, de plus beaux musées, de plus riches collections et une vie plus remplie qu'à Manchester ou à Birmingham[3], à
45 Bordeaux ou à Toulouse. C'était toujours une capitale, même sans roi, entourée de petites villes prospères et de châteaux portant des noms tels « Sans-Souci » et « Mon Repos ». Non loin de là il y avait Hohenstaufen, et Teck, et Hohenzollern, et la Forêt-Noire, et le Bodensee, le cloître de Maulbronn et Beuron, les églises
50 baroques de Zwiefalten, de Neresheim et de Birnau.

---

1. Jasmin, lilas : fleurs odorantes.
2. Écrivains, poètes, penseurs, musicien allemands ou autrichiens.
3. Manchester, Birmingham : villes du Royaume-Uni.

De notre maison, je ne voyais que les jardins et les toits rouges des villas dont les propriétaires plus riches que nous pouvaient s'offrir une vue panoramique, mais mon père était déterminé à ce qu'un jour nous n'eussions rien à envier aux familles patri-
5 ciennes[1]. En attendant, il nous fallait nous contenter de notre villa, pourvue du chauffage central, avec ses quatre chambres à coucher, sa salle à manger, son «jardin d'hiver» et une pièce qui servait à mon père de cabinet de consultation.

Ma chambre, au second étage, était meublée selon mon goût.
10 Sur les murs, il y avait quelques reproductions : *L'Enfant au gilet rouge* de Cézanne[2], des estampes[3] japonaises et les *Tournesols* de Van Gogh[4]. Je possédais les classiques allemands : Schiller, Kleist, Goethe, Hölderlin, et, bien entendu, «notre» Shakespeare, sans oublier Rilke, Dehmel et George. Ma collection de livres français
15 comprenait Baudelaire, Balzac, Flaubert et Stendhal, et, quant aux auteurs russes, j'avais les œuvres complètes de Dostoïevski, de Tolstoï et de Gogol. Dans un angle, une vitrine contenait mes collections de pièces de monnaie, des coraux d'un ton vermeil[5], des hématites et des agates, des topazes, des grenats,

---

1. Familles patriciennes : sous l'Antiquité, lignées illustres de citoyens romains ; ici, grandes familles ayant une histoire prestigieuse.
2. Paul Cézanne (1839-1906) : peintre français.
3. Estampes : peintures.
4. Vincent Van Gogh (1853-1890) : peintre néerlandais.
5. Vermeil : rouge vif.

20 des malachites[1], un bloc de lave d'Herculanum[2], une dent de
lion, une griffe de tigre, un morceau de peau de phoque, une
fibule[3] romaine, deux fragments de verre romains (chipés dans
un musée), une tuile romaine portant cette inscription : LEG XI,
et une molaire d'éléphant.

25 C'était là mon univers, un univers où je me sentais en sécurité
absolue et qui, j'en avais la certitude, durerait à jamais. Je ne
pouvais, il est vrai, faire remonter mes origines à Barberousse –
quel Juif l'eût pu ? – mais je savais que les Schwarz avaient vécu à
Stuttgart depuis deux siècles au moins, et peut-être depuis bien
30 plus longtemps. Comment le préciser, puisqu'il n'existait pas
d'archives ? Comment savoir d'où ils étaient venus ? De Kiev ou
de Vilna ? De Tolède ou de Valladolid ? Dans quelles tombes à
l'abandon entre Jérusalem et Rome, entre Byzance et Cologne[4],
leurs os pourrissaient-ils ? Pouvait-on être sûr qu'ils n'avaient pas
35 vécu là avant les Hohenfels ? Mais de telles questions étaient aussi
hors de propos que la chanson que David chantait au roi Saül[5].
Tout ce que je savais, c'est que c'était là ma patrie, mon foyer,
sans commencement ni fin, et qu'être juif n'avait fondamentale-
ment pas plus d'importance qu'être né avec des cheveux bruns
40 et non avec des cheveux roux. Nous étions souabes avant toute
chose, puis allemands, et puis juifs. Quel autre sentiment pouvait
être le mien, ou celui de mon père, ou celui du grand-père de
mon père ? Nous n'étions pas de ces pauvres « Pollacken[6] » qui
avaient été persécutés par le tsar. Bien entendu, nous n'aurions

---

1. Pierres et minéraux colorés.
2. **Herculanum** : ville romaine antique détruite par l'éruption du Vésuve en 79 après
J.-C.
3. **Fibule** : attache, anneau.
4. Allusion à des villes d'Europe et du Moyen-Orient d'où les ancêtres de Hans pourraient
être originaires.
5. **David, Saül** : personnages de l'Ancien Testament. Le poète David chantait et jouait
de la lyre pour apaiser le roi Saül.
6. **Pollacken** : nom insultant donné aux Juifs de Pologne, qui ont été persécutés par
le tsar Alexandre II (1818-1880).

Chapitre 9

45 pu ni voulu nier que nous étions « d'origine juive », pas plus que
quiconque eût songé à nier que mon oncle Henri, que nous
n'avions pas vu depuis dix ans, fût un membre de la famille.
Mais cette « origine juive » ne se manifestait guère plus d'une
fois l'an, le jour du Grand Pardon, où ma mère se rendait à une
50 synagogue et où mon père s'abstenait de fumer et de voyager,
non parce qu'il croyait au judaïsme, mais parce qu'il ne voulait
pas blesser les autres dans leurs sentiments.

Je me rappelle encore une violente discussion entre mon père
et un sioniste[1] venu faire une collecte pour Israël. Mon père
55 détestait le sionisme. L'idée même lui paraissait insensée. Réclamer la Palestine après deux mille ans n'avait pas pour lui plus de
sens que si les Italiens revendiquaient l'Allemagne parce qu'elle
avait été jadis occupée par les Romains. Cela ne pouvait mener
qu'à d'incessantes effusions de sang[2] car les Juifs auraient à lutter
60 contre tout le monde arabe. Et, de toute façon, qu'avait-il, lui,
citoyen de Stuttgart, à voir avec Jérusalem ?

Quand le sioniste nomma Hitler et demanda à mon père si
cela n'ébranlait pas sa confiance, mon père répondit : « Pas le
moins du monde. Je connais mon Allemagne. Ce n'est qu'une
65 maladie passagère, quelque chose comme la rougeole, qui dis-
paraîtra dès que s'améliorera la situation économique. Croyez-
vous vraiment que les compatriotes de Goethe et de Schiller, de
Kant et de Beethoven[3], se laisseront prendre à cette foutaise ?
Comment osez-vous insulter la mémoire de douze mille Juifs qui
70 sont morts pour notre pays[4] ? *Für unsere Heimat*[5] ? »

---

1. **Sioniste** : favorable à la création d'un État juif en Palestine.
2. **Effusions de sang** : guerres meurtrières.
3. Artistes et philosophe qui ont contribué au rayonnement de la culture allemande.
4. **Douze mille Juifs qui sont morts pour notre pays** : allusion aux Juifs ayant
combattu pour l'Allemagne lors de la Première Guerre mondiale.
5. ***Für unsere Heimat*** : « pour notre patrie », en allemand.

Quand le sioniste traita mon père de «partisan typique de l'assimilation[1]», mon père répondit fièrement: «Oui, je suis pour l'assimilation. Quel mal y a-t-il à cela? Je veux être identifié à l'Allemagne. J'approuverais certainement la complète absorption
75 des Juifs par les Allemands si j'étais convaincu que ce serait pour l'Allemagne un profit durable, mais j'en doute quelque peu. Il me semble que les Juifs, en ne s'intégrant pas complètement, agissent encore comme catalyseurs[2], enrichissant ainsi et fertilisant la culture allemande, comme ils l'ont fait dans le passé.»
80 À ces mots, le sioniste bondit. C'était plus qu'il n'en pouvait supporter. Se frappant le front de l'index droit, il s'écria d'une voix forte: «Complètement *meschugge*[3]», rassembla ses brochures et disparut, se frappant toujours le front du doigt.

Je n'avais jamais vu mon père, pacifique et calme à l'ordinaire,
85 si furieux. Pour lui, cet homme était traître à l'Allemagne, la patrie pour laquelle mon père, deux fois blessé dans la Première Guerre mondiale, était prêt à se battre de nouveau.

---

1. Assimilation: fait de s'intégrer en adoptant les us et coutumes d'une autre population.
2. Catalyseurs: éléments qui accélèrent une réaction chimique (employé ici au sens figuré).
3. *Meschugge*: «cinglé», en allemand.

10

Combien je comprenais mon père et combien je le comprends encore! Comment eût-il pu, lui ou quiconque au XXᵉ siècle, croire au diable et à l'enfer? Ou aux mauvais génies? Pourquoi échanger le Rhin et la Moselle, le Neckar et le Main[1], contre les lentes
5 eaux du Jourdain[2]? Pour lui, le nazisme n'était qu'une maladie de peau sur un corps sain et le seul remède était de faire au patient quelques injections, de le garder au calme et de laisser la nature suivre son cours. Et pourquoi se tourmenterait-il? N'était-il pas un médecin populaire, également respecté des Juifs et des
10 non-Juifs? Une députation[3] de citoyens éminents, conduite par le maire, ne lui avait-elle pas rendu visite lors de son quarante-cinquième anniversaire? La *Stuttgarter Zeitung*[4] n'avait-elle pas publié sa photographie? Un groupe de non-Juifs ne lui avaient-ils pas donné une sérénade avec la *Petite musique de nuit*[5]? Et
15 n'avait-il pas reçu un talisman[6] infaillible? La Croix de fer de première classe[7] était accrochée au-dessus de son lit, ainsi que

---

1. **Main**: fleuve d'Allemagne.
2. **Jourdain**: fleuve de Palestine.
3. **Députation**: délégation.
4. ***Stuttgarter Zeitung***: journal de Stuttgart.
5. **Donné une sérénade avec la *Petite musique de nuit***: offert un concert où fut joué un morceau de Wolfgang Amadeus Mozart (1756-1791).
6. **Talisman**: amulette destinée à préserver des malheurs.
7. **Croix de fer de première classe**: décoration allemande remise à un soldat pour sa bravoure aux combats.

son épée d'officier, près d'un tableau représentant la maison
de Goethe à Weimar.

11

Ma mère était trop occupée pour se tracasser à propos des nazis, des communistes et autres déplaisants personnages, et si mon père ne doutait pas d'être allemand, ma mère, si possible, en doutait moins encore. Il ne lui venait simplement pas à l'esprit qu'un être humain ayant toute sa raison pût lui contester son droit de vivre et de mourir dans ce pays. Elle venait de Nuremberg où son père, avocat, était né et elle parlait encore l'allemand avec un accent franconien[1] (elle disait *Gäbelche*, une petite fourchette, au lieu de *Gäbele*, et *Wägelche*, une petite voiture, au lieu de *Wägele*). Une fois par semaine, elle allait avec ses amies, pour la plupart femmes de médecins, d'avocats et de banquiers, manger des gâteaux maison au chocolat et à la crème *mit Schlagsahne*[2], boire d'éternels cafés *mit Schlagsahne* et bavarder sur des affaires de famille ou de domestiques et sur les pièces de théâtre qu'elles avaient vues. Une fois par quinzaine, elles allaient à l'Opéra et, une fois par mois, au théâtre. Elle ne trouvait guère le temps de lire, mais venait parfois dans ma chambre, regardait mes livres avec envie, en tirait un ou deux du rayon, les époussetait et les remettait en place. Puis elle me demandait comment cela allait à l'école, à quoi je répondais toujours « très bien » d'un ton rébarbatif, et elle me quittait, emportant les chaussettes qui avaient besoin d'être reprisées ou les chaussures à ressemeler.

---

1. **Franconien**: habitant d'une région d'Allemagne.
2. *Mit Schlagsahne*: « avec de la crème fouettée », en allemand.

De temps à autre, d'un geste nerveux, avec hésitation, elle posait une main sur mon épaule, mais elle le faisait de plus en plus rarement, percevant ma résistance aux démonstrations, même aussi anodines que celle-ci. Ce n'est que lorsque j'étais malade que je trouvais sa compagnie acceptable et m'abandonnais avec gratitude[1] à sa tendresse réprimée[2].

---

1. **Gratitude**: reconnaissance.
2. **Réprimée**: refoulée.

12

Je crois que, du point de vue physique, mes parents étaient de
très bons spécimens. Mon père, avec son front haut, ses cheveux
gris et sa moustache courte, avait un air de distinction et l'aspect
si peu «juif» qu'un jour, dans un train, un S.A.[1] l'invita à adhérer
au parti nazi. Et moi-même, son fils, je ne pouvais m'empêcher de
voir que ma mère – qui n'a jamais été très coquette – était belle.
Je n'ai jamais oublié le jour – j'avais alors six ou sept ans – où elle
entra dans ma chambre pour m'embrasser et me dire bonsoir.
Elle était habillée pour un bal et je la regardai fixement comme
si elle eût été une étrangère. Je m'accrochai à son bras, refusant
de la laisser partir, et me mis à pleurer, ce qui la bouleversa. Eût-
elle pu alors se rendre compte que je n'étais ni malheureux ni
malade, mais que dans mon émotion je venais de la voir objec-
tivement, pour la première fois de ma vie, comme une créature
séduisante avec une personnalité bien à elle?

Lorsque Conrad entra, je le conduisis vers l'escalier avec l'intention de l'emmener directement dans ma chambre sans le
présenter d'abord à ma mère. Je ne savais alors précisément
pourquoi j'agissais ainsi, mais il m'est plus facile aujourd'hui de
me rendre compte que j'essayais de l'introduire furtivement[2].
J'avais en quelque sorte l'impression qu'il m'appartenait, et
à moi seul, et que je ne voulais le partager avec personne. Et

1. Un S.A.: qui appartient aux S.A., troupes du parti nazi.
2. Furtivement: discrètement, en cachette.

probablement – j'en rougis encore – j'avais le sentiment que mes parents n'étaient pas assez reluisants[1] pour lui. Je n'avais jamais
25   eu honte d'eux ; en réalité, j'en avais toujours été plutôt fier, et j'étais maintenant horrifié de découvrir qu'à cause de Conrad, je me comportais comme un sale petit snob[2]. Pendant une seconde, je le détestai presque, parce que je prenais conscience qu'il en était le responsable. C'était sa présence qui me faisait éprouver ce
30   sentiment et, si je méprisais mes parents, je me méprisais encore plus. Mais comme j'atteignais l'escalier, ma mère, qui devait avoir entendu mon pas, m'appela. Il n'y avait pas d'échappatoire[3]. Il me fallut le présenter.

Je l'emmenai dans notre salle de séjour ornée d'un tapis de
35   Perse[4], avec ses meubles de chêne massif, ses assiettes bleues en porcelaine de Meissen[5] et ses verres à vin rouges et bleus à longue tige disposés sur un dressoir. Ma mère était assise dans le «jardin d'hiver» sous un gommier[6], en train de repriser des chaussettes, et elle ne parut pas surprise le moins du monde de
40   nous voir, mon ami et moi. Lorsque je dis «Mère, voici Conrad von Hohenfels», elle leva un instant les yeux, sourit, et il baisa la main qu'elle lui tendait. Elle lui posa quelques questions, principalement sur le lycée, sur ses projets d'avenir, sur l'université qu'il avait l'intention de fréquenter, et lui dit qu'elle était ravie de le
45   voir chez nous. Elle se comporta exactement comme je l'eusse souhaité et je vis tout de suite que Conrad était enchanté d'elle. Plus tard, je l'emmenai dans ma chambre et lui montrai tous mes trésors, mes livres, mes pièces de monnaie, la fibule romaine et la tuile romaine portant l'inscription LEG XI.

---

1. **Reluisants** : brillants, dignes d'intérêt.
2. **Snob** : personne hautaine, supérieure.
3. **Échappatoire** : moyen d'échapper à une situation difficile.
4. **Tapis de Perse** : tapis oriental.
5. **Porcelaine de Meissen** : porcelaine fine.
6. **Gommier** : arbre qui produit de la gomme.

⁵⁰ Tout à coup, j'entendis le pas de mon père et il entra dans ma chambre, chose qu'il n'avait jamais faite depuis des mois. Avant que je n'eusse le temps de les présenter, mon père fit claquer ses talons[1], se tint tout raide – presque au garde-à-vous –, allongea le bras droit et dit : « Gestatten, Doktor Schwarz[2]. » Conrad serra
⁵⁵ la main de mon père, s'inclina légèrement, mais ne dit mot. « Je suis très honoré, Herr Graf, dit mon père, de recevoir sous mon toit le descendant d'une si illustre famille. Je n'ai jamais eu le plaisir de faire la connaissance de votre père, mais j'ai connu nombre de ses amis, en particulier le baron von Klumpf, qui
⁶⁰ commandait le deuxième escadron[3] du premier régiment de uhlans[4], Ritter von Trompeda, qui servait dans les hussards, et Putzi von Grimmelshausen, connu sous le nom de "Bautz". Herr votre père vous a sûrement parlé de "Bautz", un ami intime du Kronprinz[5] ? Un jour, me raconta Bautz, Son Altesse Impériale,
⁶⁵ dont le quartier général était alors à Charleroi, l'appela et lui dit : "Bautz, mon cher ami, j'ai un grand service à vous demander. Vous savez que Gretel, mon chimpanzé femelle, est encore vierge et a terriblement besoin d'un mari. Je voudrais arranger un mariage où j'inviterais mon état-major. Prenez votre voiture, faites le tour
⁷⁰ de l'Allemagne et trouvez-moi un beau mâle bien portant." »

« Bautz fit claquer ses talons, se mit au garde-à-vous, salua et dit : "Jawohl[6], Votre Altesse." Il sortit, sauta dans la Daimler[7] du Kronprinz et alla de zoo en zoo. Il revint une quinzaine plus tard avec un énorme chimpanzé nommé George V. Il y eut des
⁷⁵ noces fabuleuses, tout le monde se soûla au champagne et Bautz reçut la *Ritterkreuz*[8] avec feuilles de chêne. Il y a une autre histoire

---

1. Il s'agit d'un geste militaire, effectué en signe de respect envers un supérieur.
2. Gestatten, Doktor Schwarz : « enchanté, Docteur Schwarz », en allemand.
3. Escadron : troupe de l'armée à cheval.
4. Uhlans : soldats d'un corps de cavalerie servant dans l'armée allemande.
5. Kronprinz : prince héritier, fils de l'empereur allemand Guillaume II (1859-1941).
6. Jawohl : « oui », en allemand.
7. Daimler : voiture.
8. *Ritterkreuz* : « croix de fer », en allemand.

que je dois vous raconter. Un jour, Bautz était assis à côté d'un
certain Hauptmann Brandt qui, dans le civil, était agent d'assu-
rances, mais essayait toujours de se montrer *plus royaliste que le*
80 *roi* [1], quand, tout à coup...» et mon père continua ainsi jusqu'à
ce qu'il se rappelât enfin que des clients l'attendaient dans son
cabinet de consultation. Il fit une fois de plus claquer ses talons.
«J'espère, Herr Graf, dit-il, qu'à l'avenir cette maison sera votre
second foyer. Veuillez présenter mes compliments à Herr votre
85 père.» Et, rayonnant de plaisir et de fierté, me faisant un signe
de tête pour me montrer combien il était content de moi, il
quitta ma chambre.

Je m'assis, scandalisé, horrifié, misérable. Pourquoi avait-il agi
ainsi? Je ne l'avais jamais vu se conduire d'aussi indigne façon. Je
90 ne l'avais jamais entendu parler de Trompeda et de l'exécrable
Bautz. Et l'affreuse histoire du chimpanzé! Avait-il inventé cela
pour impressionner Conrad, tout comme j'avais essayé – mais
de façon plus subtile – de l'impressionner? Était-il, comme moi,
victime du mythe Hohenfels? Et comme il avait fait claquer ses
95 talons! Pour le bénéfice d'un écolier!

Pour la seconde fois en moins d'une heure, je haïssais presque
mon ami qui, innocemment par sa seule présence, avait trans-
formé mon père en une caricature de lui-même. J'avais toujours
respecté mon père. Il me semblait avoir beaucoup de qualités
100 qui me manquaient, telles que le courage et la clarté d'esprit;
il se faisait facilement des amis et accomplissait sa tâche scrupuleusement et sans se ménager. Il était, il est vrai, réservé avec moi
et ne savait comment me témoigner son affection, mais je savais
qu'elle existait, et même qu'il était fier de moi. Et voici qu'il avait
105 détruit cette image et que j'avais des raisons d'être honteux de
lui. Comme il avait paru ridicule, pompeux, servile [2]! Lui, cet
homme que Conrad eût dû respecter! Cette image de lui, faisant

---

1. En français dans le texte. [*Note du traducteur.*]
2. Pompeux: guindé, théâtral; **servile**: soumis.

claquer ses talons, saluant, « Gestatten Herr Graf[1] », cette horrible
scène éclipseraient[2] à jamais le père-héros du passé. Il ne serait
plus jamais pour moi le même homme. Jamais plus je ne serais
capable de le regarder dans les yeux sans me sentir honteux et
peiné, et honteux de ma honte.

Je tremblais violemment et pouvais à peine retenir mes larmes.
Je n'avais qu'un seul désir, ne plus jamais revoir Conrad. Mais
lui, qui devait avoir compris ce qui se passait en moi, paraissait
occupé à regarder mes livres. S'il ne l'avait fait, si, à ce moment,
il m'avait parlé, si, pis encore, il avait tenté de me consoler, de
me toucher, je l'aurais frappé. Il avait insulté mon père et m'avait
exposé comme un snob qui méritait cette humiliation. Mais il
fit instinctivement ce qu'il fallait faire. Il me donna le temps de
me reprendre et lorsque au bout de cinq minutes il se retourna
et me sourit, je pus lui rendre son sourire à travers mes larmes.

Il revint deux jours plus tard. Sans qu'on l'en priât, il accrocha
son manteau dans le vestibule et – comme s'il l'avait fait toute sa
vie – alla tout droit dans la salle de séjour à la recherche de ma
mère. Elle l'accueillit de la même façon, cordiale[3] et rassurante,
levant à peine les yeux de son travail, exactement comme la première fois et comme s'il n'était qu'un autre fils. Elle nous donna
du café et des « Streusselkuchen »[4] et, dès lors, il se présenta
régulièrement trois ou quatre fois par semaine. Il était détendu
et heureux d'être avec nous et seule la crainte que mon père ne
nous racontât d'autres histoires de « Bautz » gâtait mon plaisir.
Mais mon père aussi était plus détendu, il s'habitua de plus en
plus à la présence de Conrad et abandonna finalement le « Herr
Graf » pour l'appeler par son prénom.

----

1. **Gestatten Herr Graf** : « enchanté, M. le comte », en allemand.
2. **Éclipseraient** : détrôneraient.
3. **Cordiale** : chaleureuse, bienveillante.
4. **Streusselkuchen** : gâteaux allemands.

Puisque Conrad était venu chez moi, je m'attendais à ce qu'il
me demandât d'aller chez lui, mais les jours et les semaines passaient sans invitation. Nous nous arrêtions toujours devant la grille
surmontée de deux griffons[1] portant l'écusson des Hohenfels
jusqu'à ce qu'il me dît au revoir. Il ouvrait alors la lourde porte
pour remonter l'allée bordée d'odorants lauriers-roses qui menait
au portique et à l'entrée principale. Il frappait légèrement à la
massive porte noire, qui glissait silencieusement sur ses gonds,
et Conrad disparaissait comme pour toujours. De temps à autre,
j'attendais une minute ou deux, regardant fixement à travers les
barreaux de fer, espérant que, par miracle, la porte s'ouvrirait
de nouveau et qu'il reparaîtrait pour me faire signe d'entrer.
Mais cela n'arrivait jamais et la porte était aussi menaçante que
les deux griffons qui, cruels et impitoyables[2], abaissaient sur moi
leur regard, leurs griffes aiguës et leur langue délitée[3] en forme
de faucille prêtes à m'arracher le cœur. Chaque jour, je subis-
sais la même torture de la séparation et de l'exclusion ; chaque
jour, cette demeure, qui détenait la clé de notre amitié, croissait
en importance et en mystère. Mon imagination l'emplissait de
trésors : bannières d'ennemis défaits, épées de croisés, armures,
lampes ayant jadis brûlé à Ispahan et à Téhéran, brocarts de

1. **Griffons** : animaux imaginaires à tête d'aigle et corps de lion.
2. **Impitoyables** : sans pitié.
3. **Délitée** : décomposée par l'érosion.

Samarkand et de Byzance[1]. Mais les barrières qui me séparaient de Conrad semblaient dressées à jamais. Je ne pouvais le comprendre. Il était impossible que lui, si soucieux de ne pas faire
25 de peine, si prévenant[2], toujours prêt à faire la part de mon impétuosité, de mon agressivité quand il n'était pas d'accord avec ma «Weltanschauung»[3], eût *oublié* de m'inviter. C'est ainsi que, trop fier pour l'interroger là-dessus, je devenais de plus en plus tourmenté, soupçonneux et obsédé par le désir de pénétrer
30 dans la forteresse des Hohenfels.

Un jour, comme je m'en allais, il se retourna de façon inattendue : «Entre donc, tu n'as pas vu ma chambre», dit-il. Avant qu'il me fût possible de répondre, il poussa la grille de fer, les deux griffons reculèrent, encore menaçants, mais pour le moment
35 impuissants et battant en vain de leurs ailes de prédateurs.

J'étais terrifié, pris ainsi à l'improviste. L'accomplissement de mes rêves se produisait si soudainement que, pour un instant, j'eus envie de m'enfuir. Comment pourrais-je me tenir devant ses parents avec mes souliers non cirés et un col d'une propreté
40 douteuse ? Comment pourrais-je affronter sa mère, que j'avais un jour vue de loin, silhouette noire se détachant sur les magnolias roses ? Elle n'avait pas la peau blanche comme celle de ma mère, mais un teint olivâtre[4], des yeux en amande, et, de la main droite, elle faisait tourner une ombrelle blanche comme un soleil. Mais
45 je ne pouvais maintenant que le suivre en tremblant. Exactement comme j'avais vu la chose arriver auparavant, et en réalité et dans mes rêves, il leva la main droite et frappa doucement à la porte, qui, obéissant à son ordre, s'ouvrit sans bruit pour nous laisser entrer.

---

1. **Ispahan, Téhéran** : villes d'Iran ; **brocarts** : riches étoffes de soie ; **Samarkand** : ville d'Ouzbékistan, influencée par les cultures turque et iranienne ; **Byzance** : ancienne ville grecque (actuelle Istanbul).
2. **Prévenant** : attentif.
3. **Weltanschauung** : «point de vue», en allemand.
4. **Olivâtre** : verdâtre.

Chapitre 13

50   Pendant un certain temps, nous parûmes nous trouver dans
une obscurité complète. Puis, mes yeux s'y accoutumant peu à
peu, je distinguai un vaste hall d'entrée dont les murs étaient
couverts de trophées de chasse : d'énormes andouillers[1], la tête
d'un bison d'Europe, les défenses blanc ivoire d'un éléphant
55   dont un pied, monté sur argent, servait de porte-parapluie. Je
me débarrassai de mon manteau et laissai mon cartable sur une
chaise. Un domestique entra et s'inclina devant Conrad. « *Der
Kaffee ist serviert, Herr Graf*[2] », dit-il. Conrad fit un signe de tête
et, me montrant le chemin, monta l'escalier de chêne foncé
60   jusqu'au premier étage, où j'entrevis des portes closes et des
murs aux lambris de chêne ornés de tableaux : une chasse à
l'ours, un combat de cerfs, un portrait du feu roi et une vue d'un
château qui avait l'air d'un mélange de châteaux Hohenzollern
et Neuschwanstein. De là, nous gagnâmes le deuxième étage et
65   longeâmes un couloir où il y avait d'autres peintures : « Luther
devant Charles Quint », « Les croisés entrant à Jérusalem » et
« Barberousse endormi dans la montagne de Kyffhäusser, avec
sa barbe poussant à travers une table de marbre ». Par une porte
ouverte, j'entrevis une chambre à coucher, qui devait être celle
70   d'une femme, avec une coiffeuse couverte de petits flacons de
parfum et de brosses à monture d'écaille serties d'argent. Il y
avait des photographies dans des cadres d'argent, surtout des
officiers, et l'une d'elles ressemblait presque à Adolf Hitler, ce
qui me stupéfia. Mais je n'avais pas le temps de l'examiner plus
75   avant et, de toute façon, j'étais sûr de me tromper : qu'eût fait
une photographie de Hitler dans la chambre d'une Hohenfels ?
Conrad s'arrêta enfin et nous entrâmes dans sa chambre, assez
semblable à la mienne, mais plus grande, et d'où la vue était belle :
elle donnait sur un jardin bien entretenu avec une fontaine,

---

1. Andouillers : bois d'animaux tués à la chasse.
2. *Der Kaffee ist serviert, Herr Graf* : « le café est servi, M. le comte », en allemand.

80 un petit temple dorique[1] et la statue d'une déesse recouverte
de lichen[2] jaune. Mais Conrad ne me laissa pas le loisir de
contempler le paysage. Il se précipita vers un placard et, avec
un empressement qui me montrait à quel point il avait attendu
cette occasion, ses yeux brillant dans l'attente de mon envie et

85 de mon émerveillement, il déploya ses trésors. De leur couche
d'ouate[3], il tira ses pièces grecques : un Pégase de Corinthe, un
Minotaure de Cnossos, des pièces de Lampsaque, d'Agrigente,
de Ségeste et de Sélinonte. Mais ce n'était pas tout. D'autres
trésors suivirent, plus précieux qu'aucun des miens : une déesse

90 de Gela, en Sicile, un petit flacon de Chypre, de la couleur et
de la forme d'une orange, orné de dessins géométriques, un
tanagra[4] qui représentait une jeune fille vêtue d'un chiton[5] et
coiffée d'un chapeau de paille, une coupe de verre syrienne,
irisée[6] comme une opale et prismatique[7] comme une pierre de

95 lune, un vase romain d'une laiteuse couleur de jade vert pâle
et une statuette d'Hercule en bronze. Il était touchant de voir
sa joie à pouvoir me montrer sa collection et à observer mon
étonnement et mon admiration.

Le temps passa avec une incroyable rapidité et quand, deux

100 heures plus tard, je le quittai, non seulement ne regrettai-je pas
de n'avoir pas vu ses parents, mais il ne me vint même pas à l'idée
qu'ils eussent pu être absents.

---

1. **Temple dorique** : temple d'architecture grecque.
2. **Lichen** : mousse végétale.
3. **Ouate** : coton.
4. **Tanagra** : statuette.
5. **Chiton** : tunique portée sous l'Antiquité.
6. **Irisée** : aux couleurs nuancées de l'arc-en-ciel.
7. **Prismatique** : aux multiples facettes.

14

Près de quinze jours plus tard, il m'invita de nouveau. Ce fut la même agréable routine : bavardage, examen des collections, comparaisons, admiration. De nouveau, ses parents semblaient être absents, ce qui ne m'importait guère, car je redoutais un peu
5 de les rencontrer, mais lorsque cela se reproduisit une quatrième fois, je commençai à soupçonner que ce n'était pas une coïncidence et à craindre qu'il ne m'invitât que lorsque ses parents n'étaient pas là. Bien que je me sentisse un peu offensé, je n'osais l'interroger là-dessus.
10 Puis je me rappelai un jour la photographie de l'homme qui ressemblait à Hitler, mais, tout aussitôt, j'eus honte d'avoir pu soupçonner un seul instant les parents de mon ami d'avoir le moindre rapport avec un tel homme.

15

Mais vint un jour où le doute ne fut plus permis.

Ma mère m'avait pris un billet pour une représentation de *Fidelio*[1], dirigée par Furtwängler, et j'étais assis dans un fauteuil d'orchestre[2], attendant le lever du rideau. Les violons commen-
5   cèrent à s'accorder, puis à jouer en sourdine, et une foule élé-
gante emplit la salle de l'Opéra, l'un des plus beaux d'Europe. Le Président de la République en personne nous honorait de sa présence.

Mais peu de gens le regardaient. Tous les yeux se tournaient
10   vers la porte, près du premier rang des fauteuils d'orchestre, par laquelle, lentement et majestueusement, les Hohenfels fai-
saient leur entrée. Avec un mouvement de surprise et quelque difficulté, je reconnus mon ami, un étrange et élégant jeune homme en smoking. Il était suivi de la comtesse, en robe noire
15   avec un étincelant diadème[3], un collier et des boucles d'oreilles, le tout fait de diamants qui projetaient une lumière bleuâtre sur sa peau mate. Puis venait le comte, que je voyais maintenant pour la première fois ; il avait une moustache et des cheveux gris et une étoile incrustée de diamants brillait sur sa poitrine. Ils se
20   dressaient là, unis, supérieurs, escomptant que[4] les assistants les

---

1. *Fidelio* : opéra de Ludwig van Beethoven (1770-1827).
2. **Fauteuil d'orchestre** : place située au parterre (rez-de-chaussée) d'une salle de théâtre.
3. **Diadème** : couronne.
4. **Escompter que** : espérant que.

contempleraient bouche bée, hommage que leur conféraient neuf siècles d'histoire. Ils se décidèrent enfin à gagner leur place. Le comte ouvrait la marche et la comtesse le suivait, la lueur irisée que jetaient ses diamants dansant autour de sa jolie tête.

25 Puis venait Conrad qui, avant de s'asseoir, jeta sur l'auditoire un regard circulaire, s'inclinant lorsqu'il reconnaissait quelqu'un, aussi sûr de lui que son père. Tout à coup, il m'aperçut, mais sans me donner le moindre signe de reconnaissance ; puis son regard erra autour des fauteuils d'orchestre, se leva vers les balcons et

30 se rabaissa. Il m'a vu, assurément, me dis-je, car j'étais convaincu que ses yeux en rencontrant les miens avaient enregistré ma présence. Puis le rideau se leva et les Hohenfels, ainsi que nous autres, quantité négligeable[1], restâmes plongés dans l'obscurité jusqu'au premier entracte.

35 Dès que le rideau tomba et sans attendre que les applaudissements se fussent éteints, je me rendis au foyer, une vaste salle ornée de colonnes de marbre corinthiennes, de lustres de cristal, de glaces aux cadres dorés, de tapis rouge cyclamen et tendue de papier peint couleur de miel. Là, appuyé contre l'une des

40 colonnes et m'efforçant d'avoir l'air hautain et dédaigneux, j'attendis l'apparition des Hohenfels. Mais quand je les vis enfin, j'eus envie de m'enfuir. Ne vaudrait-il pas mieux écarter la pointe de la dague[2] qui, je le savais par l'atavique[3] intuition d'un enfant juif, me serait, dans quelques minutes, plongée dans le cœur ?

45 Pourquoi ne pas éviter la souffrance ? Pourquoi risquer de perdre un ami ? Pourquoi demander des preuves au lieu de laisser s'endormir le soupçon ? Mais je n'eus pas la force de fuir, de sorte que, me raidissant contre la douleur, appuyé contre la colonne, je me préparai à l'exécution.

---

1. Quantité négligeable : de moindre importance.
2. Dague : couteau.
3. Atavique : héréditaire.

50   Lentement et majestueusement, les Hohenfels se rapprochè-
rent. Ils marchaient côte à côte, la comtesse au milieu, faisant
des signes de tête à des connaissances en agitant une main couverte de bagues avec un léger mouvement d'éventail, les lueurs
que jetaient son collier et son diadème l'aspergeant de perles
55 lumineuses pareilles à des gouttes d'eau cristallines. Le comte
inclina légèrement la tête à l'adresse de diverses personnes et du
Président de la République, qui répondit par un profond salut.
La foule leur faisait place et leur procession royale poursuivait
son chemin sans obstacle, superbe et impressionnante.
60   Ils avaient encore une dizaine de mètres à faire avant d'arriver
jusqu'à moi, qui voulais connaître la vérité. Aucune échappatoire
n'était possible. Cinq mètres nous séparaient, puis quatre. Il me
vit soudain, sourit, toucha de la main droite le revers de son smoking comme s'il voulait en faire tomber un grain de poussière,
65 et ils me dépassèrent. Ils continuèrent à avancer avec solennité[1]
comme s'ils suivaient l'invisible sarcophage de porphyre de l'un
des Princes de la Terre, au rythme de quelque inaudible marche
funèbre[2], sans cesser de sourire et de lever la main comme s'ils
voulaient bénir la foule. Lorsqu'ils atteignirent l'extrémité du
70 foyer, je les perdis de vue, mais quelques minutes plus tard, le
comte et la comtesse revinrent... sans Conrad. Passant et repas-
sant, ils acceptaient l'hommage des spectateurs.
   Quand la sonnette retentit pour le deuxième acte, j'abandon-
nai mon poste, rentrai chez moi, et, sans être vu de mes parents,
75 allai tout droit me coucher.
   Cette nuit-là, je dormis mal. Je rêvai que deux lions et une
lionne m'attaquaient et je dus crier car je m'éveillai pour voir
mes parents penchés au-dessus de mon lit. Mon père prit ma
température, mais ne me trouva rien d'anormal et, le lendemain

---

1. Solennité : dignité, sérieux.
2. Marche funèbre : morceau de musique destiné à accompagner le cortège d'un
défunt.

80 matin, j'allai au lycée comme à l'ordinaire, bien que je me sentisse aussi affaibli que si je relevais d'une longue maladie. Conrad n'était pas arrivé. Je gagnai directement ma place, et, faisant semblant de corriger un devoir du soir, je ne levai pas les yeux quand il entra. Il alla, lui aussi, directement à sa place et se mit à
85 disposer ses livres et ses crayons sans me regarder. Mais dès que la cloche eut annoncé la fin du cours, il vint à moi, mit ses mains sur mes épaules – ce qu'il n'avait jamais fait auparavant – et me posa quelques questions, mais non celle qu'il eût fallu poser : si j'avais aimé *Fidelio*. Je lui répondis aussi naturellement que
90 possible et, à la fin de la classe, il m'attendit et nous rentrâmes ensemble comme si rien n'était survenu. Pendant une demi-heure, je continuai à feindre[1], mais je savais parfaitement qu'il savait ce qui se passait en moi, sinon il n'eût pas écarté le sujet qui avait pour tous deux la plus grande importance : la soirée de
95 la veille. Puis, alors que nous étions sur le point de nous séparer et que s'ouvrait la grille, je me tournai vers lui et dis : « Conrad, pourquoi as-tu fait semblant de ne pas me voir hier ? »

   Il devait s'être attendu à cette question, mais elle lui causa tout de même un choc. Il rougit, puis devint très pâle. Peut-être avait-il
100 espéré qu'après tout je ne la lui poserais pas et qu'après avoir boudé quelques jours j'oublierais ce qui était arrivé. Une chose était claire : il n'était pas préparé à être interrogé sans détour et il se mit à bredouiller quelques mots tels que « je n'ai pas fait semblant de ne pas te voir », « tu imagines des choses », « tu es
105 hypersensible », et « je n'ai pu quitter mes parents ».

   Mais je refusai de l'entendre. « Écoute, Conrad, dis-je, tu sais parfaitement bien que j'ai raison. Crois-tu que je ne me rende pas compte que tu ne m'as invité chez toi que lorsque tes parents étaient absents ? Crois-tu vraiment que j'aie imaginé des choses,
110 hier soir ? Il me faut savoir où j'en suis. Je ne veux pas te perdre, tu le sais… J'étais seul avant ta venue et je serais plus seul encore

---

1. Feindre : simuler, faire semblant.

si tu me rejetais, mais je ne puis supporter l'idée que tu as trop
honte de moi pour me présenter à tes parents. Comprends-moi.
Je ne me soucie guère de relations sociales avec tes parents, sinon
115   une fois pour cinq minutes, de façon à ne pas me sentir un intrus
chez toi. D'ailleurs, je préfère être seul plutôt qu'humilié. Je
vaux autant que tous les Hohenfels du monde. Sache que je ne
permettrai à *personne* de m'humilier, fût-il roi, prince ou comte.»
Courageuses paroles, mais j'étais maintenant au bord des larmes
120   et n'eus guère pu poursuivre si Conrad ne m'avait interrompu.
«Mais je n'ai aucune envie de t'humilier. Comment le pourrais-je? Tu es, tu le sais, mon seul ami. Et tu sais que je t'aime
plus que quiconque. Tu sais que j'étais seul, moi aussi, et que
si je te perdais, je perdrais l'unique ami en qui je puisse avoir
125   confiance. Comment aurais-je pu avoir honte de toi? Toute la
classe ne connaît-elle pas notre amitié? N'avons-nous pas voyagé
ensemble tout alentour? T'est-il jamais venu à l'idée que j'avais
honte de toi? Et tu oses insinuer une chose pareille!
– Oui, dis-je, maintenant plus calme, je te crois. Je te crois entiè-
130   rement. Mais pourquoi, hier, étais-tu si différent? Tu aurais pu me
parler un instant et te montrer conscient de mon existence. Je
n'attendais pas grand-chose. Juste un signe de tête, un sourire, un
geste de la main, cela eût suffi. Pourquoi es-tu si différent quand
tes parents sont là? Pourquoi n'ai-je pas fait leur connaissance?
135   Tu connais mon père et ma mère. Dis-moi la vérité. Il doit y avoir
une raison pour que tu ne m'aies pas présenté à eux et la seule
raison qui me vienne à l'esprit est que tu crains que tes parents
ne soient réprobateurs à mon égard[1].»
Il hésita un moment. «Eh bien, dit-il, *tu l'as voulu, George Dandin,*
140   *tu l'as voulu*[2]. Tu veux la vérité, tu l'auras. Comme tu l'as vu – et
comment pouvais-tu ne pas le voir – je n'ai pas *osé* te présenter.

---

1. **Ne soient réprobateurs à mon égard**: me désapprouvent.
2. En français dans le texte. [*Note du traducteur.*] Il s'agit d'une citation tirée d'une
pièce de Molière (1622-1673), *George Dandin*. La citation signifie que, quoi qu'il arrive,
il ne devra s'en prendre qu'à lui-même.

La raison, j'en jure par tous les dieux, n'a rien à voir avec le fait d'être honteux – là tu es dans l'erreur – et est beaucoup plus simple et plus désagréable. Ma mère descend d'une famille
145 polonaise distinguée, jadis royale, et elle hait les Juifs. Pendant des centaines d'années, les Juifs n'existaient pas pour les gens de cette sorte, ils étaient plus vils que les serfs[1], l'excrément de la terre, des intouchables. Elle déteste les Juifs. Elle en a peur, bien qu'elle n'en ait jamais rencontré un seul. Si elle était mourante et
150 que ton père pût la sauver, je ne suis pas certain qu'elle le ferait appeler. Elle n'admettra jamais l'idée de faire ta connaissance. Elle est jalouse de toi parce que toi, juif, tu t'es fait un ami de son fils. Elle pense que le fait qu'on me voie avec toi est une tache sur le blason des Hohenfels. De plus, elle a peur de toi. Elle croit que
155 tu as sapé[2] ma foi religieuse, que tu es au service de la juiverie mondiale, ce qui revient simplement à dire le bolchevisme[3], et que je serai la victime de tes machinations diaboliques[4]. Ne ris pas, elle parle sérieusement. J'en ai discuté avec elle, mais elle se borne à répéter : "Mon pauvre enfant, ne vois-tu pas que tu es
160 déjà entre leurs mains ? Tu parles déjà comme un Juif." Et si tu veux toute la vérité, il m'a fallu lutter pour chaque heure passée avec toi. Et le pire de tout est que je n'ai pas osé te parler hier soir parce que je ne voulais pas te blesser. Non, mon cher ami, tu n'as pas le droit de me faire des reproches, tu n'en as pas le
165 droit, je t'assure. »

Je regardais fixement Conrad, qui, tout comme moi, était bouleversé. « Et ton père ? balbutiai-je.

– Oh, mon père ! C'est différent. Peu lui importe qui je fréquente. Pour lui, un Hohenfels sera toujours un Hohenfels où

---

1. Plus vils que les serfs : plus méprisables que les paysans soumis à leur seigneur au Moyen Âge.
2. Sapé : ébranlé.
3. Bolchevisme : autre nom du communisme. Les nazis détestent les communistes qui sont pour eux responsables, comme les Juifs, des malheurs de l'Allemagne.
4. Machinations diaboliques : manigances infâmes.

170 qu'il soit et quelles que soient ses fréquentations. Si tu étais *une*
Juive, ce serait peut-être autre chose. Il te soupçonnerait de vouloir
mettre le grappin sur[1] moi. Et il n'aimerait pas ça du tout. Bien
entendu, si tu étais immensément riche, il pourrait, je dis bien il
pourrait envisager la possibilité d'un mariage, mais, même alors,
175 il détesterait blesser ma mère dans ses sentiments. Vois-tu, il est
encore très amoureux d'elle. »

Jusqu'ici il avait réussi à rester calme, mais soudain, emporté
par l'émotion, il me cria : « Ne me regarde pas avec ces yeux de
chien battu ! Suis-je responsable de mes parents ? Y suis-je pour
180 quelque chose ? Me blâmerais-tu[2] parce qu'ainsi va le monde ?
N'est-il pas temps pour nous deux de faire preuve de maturité,
de renoncer au rêve et d'affronter la réalité ? » Après cet éclat,
il s'apaisa. « Mon cher Hans, dit-il avec une grande douceur,
accepte-moi tel que j'ai été créé par Dieu et par des circonstances
185 indépendantes de ma volonté. J'ai tenté de te cacher tout cela,
mais j'aurais dû comprendre que je ne pourrais te leurrer[3] bien
longtemps et avoir le courage de t'en parler avant. Mais je suis
un lâche. Je ne pouvais simplement pas supporter l'idée de te
blesser. Pourtant, je ne suis pas entièrement à blâmer : tu rends
190 vraiment très difficile à quiconque d'être à la hauteur de tes
idées sur l'amitié ! Tu escomptes[4] trop de simples mortels, mon
cher Hans. Essaie donc de me comprendre et de me pardonner
et continuons à être amis. »

Je lui tendis la main, n'osant le regarder en face, car nous
195 aurions pu nous mettre à pleurer, tous deux ou l'un de nous. Nous
n'avions que seize ans, après tout. Lentement, Conrad referma
la grille de fer qui devait me séparer de son monde. Il savait et
je savais que je ne pourrais jamais plus franchir cette frontière
et que la résidence des Hohenfels m'était fermée à jamais. Il alla

---

1. **Mettre le grappin sur** : ici, épouser par intérêt.
2. **Me blâmerais-tu** : me condamnerais-tu, m'accuserais-tu.
3. **Leurrer** : duper.
4. **Escomptes** : attends.

200 lentement jusqu'à la porte, toucha légèrement un bouton et la
porte s'ouvrit silencieusement et mystérieusement. Il se retourna
et me fit un signe de la main, mais je m'abstins[1] de le lui rendre.
Mes mains étreignaient les barreaux de fer comme celles d'un
prisonnier implorant sa délivrance. Les griffons, avec leur bec et
205 leurs griffes comme des faucilles, abaissaient sur moi leur regard,
élevant très haut et triomphalement l'écu des Hohenfels.

Il ne m'invita plus jamais chez lui et je lui sus gré[2] d'en avoir
le tact. Rien d'autre ne semblait avoir changé. Nous nous ren-
contrions comme auparavant, comme si rien n'était survenu,
210 et il venait voir ma mère, mais de plus en plus rarement. Tous
deux savions que les choses ne seraient jamais plus comme avant
et que c'était le commencement de la fin de notre amitié et de
notre enfance.

---

1. **M'abstins** : me retins.
2. **Je lui sus gré** : je lui fus reconnaissant.

Un quiz pour commencer

Cochez les bonnes réponses.

❶ *Quels enfants périssent dans l'incendie ?*
- ❏ Deux camarades de classe de Hans.
- ❏ Les trois enfants de Herr et Frau Bauer.
- ❏ Les deux petits frères de Conrad.

❷ *Quel est le métier du père de Conrad ?*
- ❏ Avocat.
- ❏ Ambassadeur.
- ❏ Médecin.

❸ *Quel est le métier du père de Hans ?*
- ❏ Avocat.
- ❏ Ambassadeur.
- ❏ Médecin.

❹ *Quelle est la religion du père de Conrad ?*
- ❐ Il est juif.
- ❐ Il est catholique.
- ❐ Il est protestant.

❺ *Comment Hans définit-il les croyances de son père ?*
- ❐ Il est agnostique.
- ❐ Il est athée.
- ❐ Il est chrétien.

❻ *Quel rapport Conrad entretient-il avec les parents de Hans ?*
- ❐ Hans n'a pas présenté Conrad à ses parents.
- ❐ Ils s'apprécient.
- ❐ Conrad méprise les parents de Hans.

❼ *Que ressent Hans lorsqu'il quitte Conrad devant les grilles de sa maison ?*
- ❐ Il est malheureux de ne pas être invité chez son ami.
- ❐ Il craint d'entrer dans cette prestigieuse demeure.
- ❐ Il a honte de sa propre maison.

❽ *Que se passe-t-il lors de la représentation à l'opéra ?*
- ❐ Conrad ignore son ami.
- ❐ Hans refuse de saluer la mère de Conrad.
- ❐ Max-les-biceps intervient au milieu de la scène finale.

Des questions pour aller plus loin

☞ Comprendre comment le contexte historique influe sur l'intrigue

Un contexte politique agité

❶ Au début du chapitre 7, relevez les termes qui soulignent l'agitation politique qui règne en Allemagne.

❷ Comment Hans et Conrad perçoivent-ils ces événements ?

❸ Au chapitre 9, Hans rapporte une « violente discussion » entre son père et un sioniste (p. 55-56). Pourquoi les deux personnages ne sont-ils pas d'accord ?

❹ Le père de Hans s'inquiète-t-il de l'ascension d'Hitler et du nazisme (chap. 9 et 10) ? Pourquoi ?

Des amis issus de deux mondes différents

❺ Au début du chapitre 7, quelle est la conviction de Hans par rapport à Dieu ? Relevez deux phrases montrant que les parents de Hans lui laissent le libre choix de sa croyance.

❻ À la suite de la mort des trois enfants lors de l'incendie, à quelle conclusion Hans parvient-il ?

❼ De son côté, quelle réponse Conrad apporte-t-il aux interrogations de son ami ? Vous semble-t-il avoir la même indépendance d'esprit que Hans ?

❽ Au chapitre 12, Hans invite son ami chez lui. Quelles craintes Hans éprouve-t-il à l'idée de présenter Conrad à ses parents (chap. 12) ?

❾ En quoi le père de Hans se conduit-il de façon ridicule (p. 63-64) ? Comment Hans réagit-il ?

❿ Récapitulez les différences sociales, religieuses et culturelles qui opposent les deux familles. En vous appuyant sur des exemples précis, montrez que les deux jeunes garçons parviennent à les dépasser.

Un terrible aveu

⓫ Dans la maison de Conrad (chap. 13), quel indice permet au lecteur de deviner la suite du récit ? Pourquoi Hans n'identifie-t-il pas réellement le portrait alors qu'il connaît le visage d'Hitler ?

⓬ Lors de ses visites chez Conrad, que remarque Hans ? À l'aide de quelques citations, montrez que ce dernier hésite entre plusieurs interprétations.

⓭ En quoi l'attitude de Conrad à l'opéra confirme-t-elle les soupçons de Hans (chap. 15) ?

⓮ Comment Conrad justifie-t-il son attitude auprès de son ami ? En citant les propos de la mère de Hans, expliquez la gravité de cette révélation.

⓯ Quelle conséquence cet aveu a-t-il sur l'amitié des deux adolescents ? Pourquoi, selon vous ?

Rappelez-vous !

L'Ami retrouvé mêle fiction et histoire réelle. Dans l'Allemagne des années 1930, une amitié entre un Juif et un aristocrate chrétien est compromise : Hans et Conrad sont parvenus à dépasser leurs différences sociales et culturelles, mais les préjugés racistes et religieux viennent à bout de leurs liens. Le récit montre comment la grande Histoire, celle du nazisme et de l'antisémitisme, fait dévier le cours de la petite histoire, celle de l'amitié entre deux personnages.

De la lecture à l'écriture

Des mots pour mieux écrire

❶ a. *Dans le paragraphe suivant, relevez les mots appartenant au champ lexical de l'incendie.*

Un soir, alors que les parents étaient sortis et que la servante était allée faire une course, la maison de bois se trouva soudain en flammes et l'embrasement fut si rapide que les enfants avaient été brûlés vifs avant l'arrivée des pompiers. Je ne vis pas l'incendie ni n'entendis les cris de la servante et de la mère. Je n'appris la nouvelle que le lendemain quand je vis les murs noircis, les poupées carbonisées, ainsi que les cordes roussies de la balançoire qui pendaient comme des serpents de l'arbre presque calciné.

b. *Complétez le champ lexical de l'incendie avec au moins trois autres mots ou expressions.*

❷ *Complétez chacune des phrases suivantes avec les mots qui conviennent et accordez-les si nécessaire :* synagogue, monastique, athée, blasphématoire, agnostique.

a. L'écrivain travaille tant qu'il ne sort plus de chez lui : il mène une vie _____.

b. Pour lui, il est impossible de savoir si Dieu existe ou non, c'est un profond _____.

c. Mes frères ne croient pas en l'existence de Dieu : ils sont

_____.

d. Le jour du Grand Pardon, elle se rendait à la _____.

e. Cessez de tenir des propos _____ : c'est irrespectueux envers ceux qui croient en Dieu.

À vous d'écrire

❶ Au chapitre 7, le narrateur évoque l'incendie qui a tué les trois jeunes enfants de ses voisins, et qui l'a profondément bouleversé. Racontez un événement qui vous a également marqué(e).

Consigne. Votre texte fera une vingtaine de lignes. Vous commencerez par introduire votre récit, puis vous relaterez l'événement en veillant à évoquer les sentiments que vous avez ressentis.

❷ Au chapitre 9, Hans décrit sa chambre, son univers, dans lequel il se sent en sécurité. Décrivez à votre tour un lieu où vous vous sentez bien.

Consigne. Votre texte, d'une vingtaine de lignes au moins, comprendra deux paragraphes. Vous décrirez tout d'abord de façon organisée le lieu choisi. Puis, à l'aide d'au moins trois idées, vous expliquerez pourquoi vous vous y sentez bien.

Et la fin ne fut pas longue à venir. La tempête, qui avait commencé à souffler de l'est, atteignit la Souabe. Sa violence s'accrut
jusqu'à la force d'une tornade et ne s'apaisa que quelque douze
années plus tard lorsque Stuttgart fut aux trois quarts détruit,
Ulm, la ville médiévale, un amas de décombres et Heilbronn
une ruine où douze mille personnes avaient péri.

Quand je retournai en classe après les vacances d'été, passées
en Suisse avec mes parents, la sinistre réalité pénétra dans
le Karl Alexander Gymnasium pour la première fois depuis
la Première Guerre mondiale. Jusqu'alors, et pendant beaucoup plus longtemps que je ne m'en étais rendu compte à
l'époque, le lycée avait été un temple des humanités dans lequel
les Philistins n'avaient jamais encore réussi à introduire leur
technologie et leur politique[1]. Homère et Horace, Euripide et
Virgile[2] y étaient encore plus importants que tous les inventeurs
et les maîtres provisoires du monde. Une centaine des élèves
avaient été, il est vrai, tués dans la dernière guerre, mais cela
était arrivé aux Spartiates aux Thermopyles et aux Romains à

---

1. **Un temple des humanités dans lequel les Philistins […] leur politique** : un
havre de paix et de sagesse que les nazis n'avaient pas encore corrompu (métaphore).
2. **Homère** (VIIIᵉ siècle av. J.-C.), **Euripide** (vers 480-406 av. J.-C.): poètes grecs; **Horace**
(65-8 av. J.-C.), **Virgile** (70-19 av. J.-C.): poètes latins.

Cannes[1]. Mourir pour la patrie avait été suivre leur exemple
20 consacré par l'usage.

> *Noble est celui qui tombe au front de la bataille, combattant bravement*
> *pour son pays natal,*
>   *et pitoyable est celui qui, choisissant d'être un renégat[2],*
>   *un sans-patrie, de ses champs fertiles a pris la fuite.*

25 Mais prendre part aux querelles politiques était une autre
histoire. Comment aurait-on pu attendre de nous de suivre les
événements du jour alors que nos professeurs d'histoire ne nous
avaient jamais appris quoi que ce fût sur ce qui s'était passé depuis
1870[3]? Comment eût-il été possible à ces pauvres diables d'englo-
30 ber dans les deux heures par semaine qui leur étaient octroyées[4]
les Grecs et les Romains, les empereurs du Saint Empire et les
rois souabes, Frédéric le Grand[5], la Révolution française, Napo-
léon et Bismarck[6]? Bien entendu, nous ne pouvions maintenant
ignorer ce qui se passait hors du temple. Il y avait dans toute
35 la ville d'énormes affiches rouge sang dénonçant Versailles[7] et
s'élevant contre les Juifs; partout des croix gammées[8], la faucille
et le marteau[9] défiguraient les murs et de longues processions
de chômeurs défilaient dans les rues; mais dès que nous nous

---

1. Spartiates aux Thermopyles, Romains à Cannes: guerriers qui, sous l'Antiquité,
se sont sacrifiés pour leur patrie lors de batailles.
2. Renégat: traître.
3. Allusion à la guerre qui a opposé le royaume de Prusse au Second Empire français
(1870-1871).
4. Octroyées: attribuées, accordées.
5. Frédéric le Grand (1712-1786): roi de Prusse.
6. Otto von Bismarck (1815-1898): homme politique allemand.
7. Allusion au traité de Versailles qui a réglé le sort du principal vaincu, l'Allemagne, à
l'issue de la Première Guerre mondiale. Les clauses du traité, très sévères, ont été perçues
comme un *diktat* par les Allemands, c'est-à-dire une chose imposée sans négociation.
8. Croix gammées: emblèmes des nazis.
9. La faucille et le marteau: emblèmes des communistes.

retrouvions à l'intérieur, le temps s'arrêtait et la tradition repre-
40 nait ses droits.

Un nouveau professeur d'histoire, Herr Pompetzki, arriva au
milieu de septembre. Il venait de quelque part entre Dantzig et
Königsberg et était probablement le premier Prussien à enseigner
au lycée. Son ton cassant et ses mots écourtés semblaient étranges
45 à des oreilles habituées au lent et rustique dialecte[1] souabe.

Il commença ainsi son cours : « Messieurs, il y a histoire et
histoire. Il y a celle qui est pour le moment consignée dans vos
livres et l'histoire qui sera bientôt. Vous savez tout de la première, mais rien de la seconde parce que certaines puissances
50 des ténèbres dont j'espère vous parler ont intérêt à vous la dis-
simuler. Pour l'instant, en tout cas, appelons-les "puissances des
ténèbres", puissances qui sont partout à l'œuvre : en Amérique,
en Allemagne, mais particulièrement en Russie. Ces puissances,
plus ou moins habilement déguisées, influencent notre mode
55 de vie, sapent notre morale et notre héritage national. "Quel
héritage ?" demanderez-vous. "De quoi voulez-vous parler ?" Messieurs, n'est-il pas incroyable que vous ayez à le demander ? Que
vous n'ayez pas entendu parler de l'inestimable présent qui nous
a été dévolu ? Laissez-moi vous dire ce qu'a signifié cet héritage
60 au cours des trois derniers millénaires. Aux environs de l'an
1800 avant Jésus-Christ, certaines tribus aryennes[2], les Doriens,
firent leur apparition en Grèce. Jusqu'alors, la Grèce, pauvre
région montagneuse habitée par des gens de race inférieure,
sommeillait, impuissante, patrie de barbares, sans passé et sans
65 avenir. Mais peu de temps après la venue des Aryens, la scène
changea complètement et, ainsi que nous le savons tous, la Grèce
s'épanouit en la civilisation la plus brillante dans l'histoire de
l'humanité. Et maintenant, avançons dans le temps. Vous avez

---

1. Dialecte : langue régionale.
2. Les nazis croient à la hiérarchie des races. Selon eux, la race supérieure est la race
aryenne dont les Allemands seraient les descendants.

tous appris comment une ère d'obscurantisme[1] a suivi la chute
70 de Rome. Croyez-vous que le fait que, peu de temps après la des-
cente en Italie des empereurs germaniques, la Renaissance[2] ait
commencé, soit un pur hasard? Ou n'est-il pas plus que probable
que c'est le sang germanique qui fertilisa les terres italiennes,
stériles depuis la chute de Rome? Est-ce une simple coïncidence
75 si les deux plus grandes civilisations sont nées si peu de temps
après la venue des Aryens?»

Il continua ainsi pendant une heure. Il évita prudemment
de nommer les « puissances des ténèbres », mais je savais, et
tout le monde savait qui il entendait par là, et, dès qu'il fut
80 sorti, éclata une violente discussion à laquelle je m'abstins de
prendre part. La plupart des garçons admirent que tout cela
n'était que sottise. «Et la civilisation chinoise?» s'écria Frank.
«Et les Arabes? Et les Incas? Cet idiot n'a-t-il jamais entendu
parler de Ravenne[3]?»

85 Mais quelques élèves, surtout parmi les cancres, dirent qu'il
y avait quelque chose de plausible[4] dans sa théorie. Comment
expliquer autrement la mystérieuse ascension de la Grèce si tôt
après l'arrivée des Doriens?

Mais quoi que pussent penser les élèves de Pompetzki et de
90 ses théories, sa venue sembla avoir changé du jour au lendemain
toute l'atmosphère de la classe. Jusqu'alors, je ne m'étais jamais
heurté à plus d'animosité[5] que celle que l'on trouve généralement
parmi des garçons de classes sociales et d'intérêts différents.
Personne ne semblait avoir une opinion bien arrêtée à mon sujet
95 et je n'avais jamais subi d'intolérance religieuse ou raciale. Mais
lorsque j'arrivai au lycée un matin, j'entendis à travers la porte

---

1. Ère d'obscurantisme: période noire.
2. Renaissance: période historique (xvi⁰ siècle) marquée par l'essor des arts et des connaissances.
3. Ravenne: ville de l'Empire romain qui a résisté contre les invasions barbares.
4. Plausible: vraisemblable, possible.
5. Animosité: malveillance, haine.

close de ma classe le bruit d'une violente discussion. « Les Juifs,
entendis-je, les Juifs. » Ces mots étaient les seuls que je pusse
distinguer, mais ils se répétaient en chœur et l'on ne pouvait
100 se méprendre sur la passion avec laquelle ils étaient proférés[1].

J'ouvris la porte et la discussion cessa brusquement. Six ou
sept garçons, debout, formaient un groupe. Ils me regardèrent
fixement comme s'ils ne m'avaient jamais vu. Cinq d'entre eux
gagnèrent leur place en traînant les pieds, mais deux autres,
105 Bollacher, l'inventeur de « Castor et Pollack », qui me parlait à
peine depuis un mois, et Schulz, un rustre[2] agressif qui pesait
bien soixante-seize kilos, fils d'un pauvre pasteur de village, destiné à suivre la voie de son père, me regardèrent droit dans les
yeux. Bollacher ricana – cette sorte de ricanement supérieur
110 et stupide qu'arborent certaines personnes lorsqu'elles voient
un babouin au zoo – mais Schulz, se pinçant le nez comme s'il
sentait une mauvaise odeur, me dévisagea d'un air provoquant.
J'hésitai un instant. Je pensais avoir une chance sur deux au moins
de terrasser[3] ce gros lourdaud, mais je ne voyais pas comment
115 cela pourrait arranger les choses. Une trop grande quantité de
poison s'était déjà infiltrée dans l'atmosphère du lycée. J'allai
donc à ma place et fis semblant de jeter un dernier coup d'œil
sur mes devoirs du soir, à l'exemple de Conrad, qui se donnait
un air trop occupé pour prêter attention à ce qui se passait.

120 Or, encouragé par mon indécision à relever le défi de Schulz,
Bollacher se précipita vers moi. « Pourquoi ne retournes-tu pas
en Palestine, d'où tu es venu ? » hurla-t-il. Et, tirant de sa poche
un petit bout de papier imprimé, il le lécha et le colla sur mon
banc, devant moi. Il y était écrit : « Les Juifs ont ruiné l'Allemagne.
125 Citoyens, réveillez-vous ! »

– Ôte-moi ça, dis-je.

---

1. **Proférés** : prononcés.
2. **Rustre** : mufle, garçon grossier.
3. **Terrasser** : vaincre, mettre à terre.

– Ôte-le toi-même, répondit-il. Mais attention, si tu le fais, je te casse la figure.

C'était le moment critique. La plupart des garçons, y compris Conrad, se levèrent pour voir ce qui allait se passer. Cette fois, j'avais trop peur pour hésiter. C'était vaincre ou mourir. De toutes mes forces, je frappai Bollacher au visage. Il chancela, puis revint vers moi. Ni l'un ni l'autre n'avions la moindre expérience de la lutte ; dans ce combat, les règles étaient ignorées… oui, mais c'était également nazi contre juif, et je me battais pour la meilleure cause.

Le sentiment passionné qui m'animait alors eût pu ne pas suffire à me tirer de là si Bollacher, en voulant m'assener un coup que j'évitai, n'avait trébuché et ne s'était coincé entre deux pupitres au moment où Pompetzki en personne entrait dans la classe. Bollacher se mit sur pied. Me désignant du doigt tandis que des larmes de mortification coulaient sur ses joues, il dit :

– Schwarz m'a attaqué.

Pompetzki me regarda.

– Pourquoi avez-vous attaqué Bollacher ?

– Parce qu'il m'a insulté, dis-je, tremblant de tension et de rage.

– Il vous a insulté ? Que vous a-t-il dit ? demanda Pompetzki avec douceur.

– Il m'a dit de retourner en Palestine, répondis-je.

– Oh, je vois, dit Pompetzki avec un sourire, mais ce n'est pas une insulte, mon cher Schwarz ! C'est plutôt un conseil amical. Asseyez-vous tous les deux. Si vous voulez vous battre, battez-vous dehors autant que vous voudrez. Mais souvenez-vous, Bollacher, qu'il vous faut être patient. Bientôt, tous nos problèmes seront résolus. Et maintenant, revenons à notre cours d'histoire.

Dans la soirée, quand vint l'heure de rentrer, j'attendis jusqu'à ce que tout le monde fût parti. J'avais encore un faible espoir qu'*il* me guetterait, me viendrait en aide, me consolerait au moment où j'avais le plus besoin de lui. Mais, quand je sortis, la rue était aussi froide et vide qu'une plage un jour d'hiver.

Dès lors, je l'évitai. Il eût été embarrassant pour lui d'être vu avec moi et j'espérais qu'il me saurait gré de ma décision. J'étais seul désormais. Il était rare qu'on me parlât. Max-les-Biceps, qui portait maintenant une petite svastika[1] d'argent sur sa veste, ne me mettait plus à l'épreuve. Les vieux professeurs eux-mêmes semblaient m'avoir oublié. J'en étais plutôt heureux. Le long et cruel processus du déracinement avait déjà commencé. Déjà les lumières qui m'avaient guidé allaient s'affaiblissant.

----

1. Svastika: croix gammée.

Chapter 16

Un jour, au début de décembre, où j'étais rentré à la maison, fatigué, mon père m'emmena dans son cabinet de consultation. Il avait vieilli au cours des six derniers mois et semblait avoir une certaine difficulté à respirer. «Assieds-toi, Hans, j'ai à
5 te parler. Ce que je vais te dire te causera un choc. Ta mère et moi avons décidé de t'envoyer en Amérique, pour l'instant en tout cas, jusqu'à ce que la tempête se soit calmée. Nos parents à New York s'occuperont de toi et feront en sorte que tu ailles à l'université. Nous croyons que c'est ce qui vaudra le mieux
10 pour toi. Tu ne m'as pas parlé de ce qui se passe au lycée, mais nous pouvons imaginer que cela n'a pas été facile pour toi. À l'université, ce serait encore pis[1]. Oh, la séparation ne sera pas longue! Nos compatriotes reviendront à la raison d'ici quelques années. Quant à nous, nous resterons ici. C'est notre patrie et
15 notre foyer. Ce pays est le nôtre et nous ne laisserons pas un "sale Autrichien"[2] nous le voler. Je suis trop vieux pour changer mes habitudes, mais tu es jeune, tu as tout l'avenir devant toi. Et maintenant, ne fais pas d'objections, ne discute pas, ce n'en serait que plus dur pour nous. Et, pour l'amour du ciel, ne dis
20 rien pour quelque temps.»
    Et la chose fut ainsi réglée. Je quittai le lycée à la Noël et, le 19 janvier, mon jour d'anniversaire, presque exactement un an

---

1. **Pis**: pire.
2. **Un «sale Autrichien»**: allusion à Adolf Hitler, qui est né en Autriche.

après l'entrée de Conrad dans ma vie, je partis pour l'Amérique.
Deux jours avant mon départ, je reçus deux lettres. L'une d'elles
25   était en vers, effort combiné de Bollacher et de Schulz :

Petit youpin[1], nous te disons adieu.
Puisses-tu rejoindre en enfer Moïse et Isaac.

Petit youpin, où iras-tu ?
Rejoindre les Juifs en Australie ?

30   *Petit youpin, ne reviens jamais,*
Sinon nous te tordrons le cou.

La seconde lettre était ainsi conçue :

Mon cher Hans,

C'est là une lettre difficile. Laisse-moi d'abord te dire com-
35   bien je suis triste de te voir partir pour l'Amérique. Il ne peut
être aisé pour toi, qui aimes l'Allemagne, de commencer une
vie nouvelle en Amérique, pays avec lequel toi et moi n'avons
rien en commun, et j'imagine ton amertume et ton chagrin.
D'autre part, c'est probablement la chose la plus sensée que
40   tu puisses faire. L'Allemagne de demain sera différente de
celle que nous avons connue. Ce sera une Allemagne nouvelle sous la conduite de l'homme qui va décider de notre
destin et de celui du monde entier pour des siècles à venir.
Tu seras scandalisé si je te dis que je crois en cet homme. Lui
45   seul peut préserver notre pays bien-aimé du matérialisme[2]
et du bolchevisme ; c'est grâce à lui seul que l'Allemagne
regagnera l'ascendant moral[3] qu'elle a perdu par sa propre

---

1. **Youpin** : nom insultant donné aux Juifs.
2. **Matérialisme** : attitude qui consiste à s'attacher à la jouissance de biens matériels.
3. **Ascendant moral** : grandeur, pouvoir.

folie. Tu n'en conviendras pas, mais je ne vois pas d'autre espoir pour l'Allemagne. Il nous faut choisir entre Staline[1] et Hitler, et je préfère Hitler. Sa personnalité et sa sincérité m'ont impressionné plus que je ne l'eusse cru possible. J'ai fait récemment sa connaissance alors que je me trouvais à Munich avec ma mère. Extérieurement, c'est un petit homme quelconque, mais, dès qu'on l'écoute, on est entraîné par sa force de conviction, sa volonté de fer, sa violence inspirée et sa perspicacité prophétique[2]. En sortant, ma mère était en larmes et ne cessait de répéter : « C'est Dieu qui nous l'a envoyé. » Je suis plus fâché que je ne saurais dire de ce que, pour un certain temps – peut-être un an ou deux – il n'y aura pas place pour toi dans cette Nouvelle Allemagne. Mais je ne vois pas pourquoi tu ne reviendrais pas plus tard. L'Allemagne a besoin de gens comme toi et je suis convaincu que le Führer[3] est parfaitement capable et désireux de choisir, parmi les éléments juifs, entre les bons et les indésirables.

Car celui qui vit près de son lieu d'origine répugne à le quitter.

Je suis heureux que tes parents aient décidé de rester. Bien entendu, personne ne les molestera[4] et ils pourront vivre et mourir ici en paix et en sécurité.

Peut-être, un jour, nos chemins se croiseront-ils de nouveau. Je me souviendrai toujours de toi, cher Hans ! Tu as eu sur moi une grande influence. Tu m'as appris à penser, et à douter, et, grâce au doute, à trouver Notre-Seigneur et Sauveur Jésus-Christ.

Bien à toi,

Conrad v. H

---

1. Joseph Staline (1879-1953) : homme politique soviétique qui arrive au pouvoir en 1924 après la mort de Lénine. Il impose rapidement un régime totalitaire.
2. Perspicacité prophétique : lucidité, clairvoyance quant à l'avenir.
3. Führer : mot qui signifie « chef », en allemand, et qui désigne Adolf Hitler.
4. Molestera : persécutera.

18

C'est ainsi que je suis venu en Amérique, où je vis depuis trente ans.

Lorsque j'y arrivai, j'allai au collège, puis à l'université de Harvard, où j'étudiai le droit. Cette idée m'avait fortement déplu.

5 Je voulais être poète, mais le cousin de mon père ne supportait pas que l'on déraisonnât[1]. « La poésie, la poésie, avait-il dit, te prends-tu pour un nouveau Schiller ? Combien un poète gagne-t-il ? D'abord, tu étudieras le droit. Ensuite, tu pourras écrire autant de poèmes que tu voudras en temps perdu. »

10 J'étudiai donc le droit, devins avocat à vingt-cinq ans et épousai une jeune fille de Boston, dont j'ai un enfant. En tant qu'avocat, je ne m'en suis pas « trop mal tiré », comme disent les Anglais, et la plupart des gens en conviendraient.

En apparence, ils auraient raison. J'ai « tout » ce qu'on peut 15 souhaiter : un appartement donnant sur Central Park[2], des voitures, une maison de campagne, j'appartiens à plusieurs clubs juifs, et ainsi de suite. Mais je sais à quoi m'en tenir. Je n'ai jamais réalisé ce que je voulais vraiment : écrire un bon livre et *un* bon poème. Au début, je manquais de courage pour me mettre à 20 l'œuvre parce que je n'avais pas d'argent, mais maintenant que j'ai de l'argent, je n'en ai pas le courage parce que je manque de confiance. De sorte que, dans mon for intérieur, je me considère

---

1. **Déraisonnât** : tienne un discours, selon lui, dépourvu de sens.
2. **Central Park** : grand parc situé à New York.

comme un raté. Non que cela importe vraiment. *Sub specie aeter-nitatis*[1], nous sommes tous, sans exception, des ratés. Je ne sais
25 où j'ai lu que « la mort sape notre confiance dans la vie en nous
montrant qu'en fin de compte tout est également futile devant
les ténèbres finales [2] ». Oui, « futile » est le mot approprié. Je ne
dois pourtant pas me plaindre ; j'ai plus d'amis que d'ennemis
et il y a des moments où je suis presque heureux de vivre : quand
30 je regarde le soleil se coucher et la lune se lever, ou lorsque je
vois la neige au sommet des montagnes. Et il y a d'autres com-
pensations, quand je suis à même d'exercer l'influence que je
puis avoir pour une cause que je crois bonne : l'égalité raciale
ou l'abolition de la peine capitale, par exemple. J'ai été satis-
35 fait de ma réussite financière parce qu'elle m'a permis de faire
quelque chose pour aider les Juifs à édifier Israël et les Arabes à
établir certains de leurs réfugiés. J'ai même envoyé de l'argent
en Allemagne.

Mes parents sont morts, mais je suis heureux de dire qu'ils n'ont
40 pas fini à Belsen[3]. Un jour, un nazi fut posté devant le cabinet
de consultation de mon père, portant cet écriteau : « Allemands,
prenez garde. Évitez tous les Juifs. Quiconque a affaire à un Juif
est souillé[4]. » Mon père revêtit son uniforme d'officier, arbora
toutes ses décorations, y compris la Croix de fer de première
45 classe, et se mit en faction à côté du nazi. Le nazi devint de plus
en plus embarrassé et une foule s'assembla peu à peu. Les gens
se tinrent d'abord silencieux, mais, comme leur nombre allait
croissant, il y eut des murmures qui éclatèrent finalement en
railleries[5] agressives.

50 Mais c'était au nazi que s'adressait leur hostilité et c'est le nazi
qui plia bientôt bagage et disparut. Il ne revint pas et ne fut pas

---

1. *Sub specie aeternitatis* : « sous le regard divin », en latin.
2. **Futile devant les ténèbres finales** : inutile face à la mort.
3. **Belsen** : camp de concentration situé en Allemagne.
4. **Souillé** : sali.
5. **Railleries** : moqueries.

remplacé. Quelques jours plus tard, alors que ma mère dormait, mon père ouvrit le gaz et c'est ainsi qu'ils moururent. Depuis leur mort, j'ai, autant que possible, évité de rencontrer des Allemands
55 et n'ai pas ouvert un seul livre allemand, pas même Hölderlin. J'ai essayé d'oublier.

Bien entendu, quelques Allemands ont inévitablement croisé mon chemin, de braves gens qui avaient fait de la prison pour s'être opposés à Hitler. Je me suis assuré de leur passé avant de
60 leur serrer la main. Il faut être prudent avant d'accepter un Allemand. Qui sait si celui auquel on parle n'a pas trempé ses mains dans le sang de vos amis ou de votre famille ? Mais, pour ceux-là, aucun doute n'était possible. En dépit de leurs états de services dans la résistance[1], ils ne pouvaient s'empêcher d'éprouver un
65 sentiment de culpabilité et j'en avais du regret pour eux. Mais, même avec eux, je prétendais avoir du mal à parler allemand.

C'est là une sorte de façade protectrice que j'adopte presque inconsciemment[2] (inconsciemment dans une certaine mesure, pourtant) quand il me faut converser[3] avec un Allemand. Natu-
70 rellement, je parle encore parfaitement bien la langue, en faisant la part de mon accent américain, mais je déteste l'employer. Mes blessures ne sont pas cicatrisées, et chaque fois que l'Allemagne se rappelle à moi, c'est comme si on les frottait de sel.

Un jour, je rencontrai un homme du Wurtemberg et lui deman-
75 dai ce qui s'était passé à Stuttgart.

— Les trois quarts de la ville ont été détruits, dit-il.

— Qu'est-il advenu du Karl Alexander Gymnasium ?

— Des décombres[4].

— Et du Palais Hohenfels ?

80 — Des décombres.

---

1. **Résistance** : terme qui désigne l'ensemble des opposants à Hitler en Allemagne et dans toute l'Europe.
2. **Inconsciemment** : sans y penser, involontairement.
3. **Converser** : dialoguer.
4. **Décombres** : ruines.

Je me mis à rire sans fin.

– Qu'est-ce qui vous fait rire ? demanda-t-il, étonné.

– Oh, peu importe, dis-je.

– Mais il n'y a rien de drôle là-dedans, dit-il. Je ne vois pas où est le comique de l'histoire.

– Peu importe, répétai-je. Il n'y a rien de comique dans l'histoire.

Qu'aurais-je pu dire d'autre ? Comment aurais-je pu lui expliquer pourquoi je riais quand je ne pouvais le comprendre moi-même ?

Tout cela m'est revenu aujourd'hui en mémoire lorsque, de façon inattendue, me parvint du Karl Alexander Gymnasium un appel de fonds[1] accompagné d'un fascicule[2] contenant une liste de noms. On me demandait de souscrire à l'érection[3] d'un
5 monument aux morts à la mémoire des élèves tombés dans la Seconde Guerre mondiale. Je ne sais comment on avait eu mon adresse. Je ne puis non plus m'expliquer comment on avait découvert que, il y avait de cela mille ans, j'avais été «l'un des leurs». Mon premier mouvement fut de jeter le tout dans la corbeille
10 à papiers. Pourquoi me tracasser à propos de «leur» mort, je n'avais rien à voir avec «eux», absolument rien. Cette partie de moi-même n'avait jamais été. J'avais retranché dix-sept ans de ma vie sans leur rien demander à «eux», et voici qu'«ils» attendaient de «moi» une contribution!
15 Mais je changeai finalement d'idée et lus l'appel. Quatre cents des garçons avaient été tués ou portés disparus. Leurs noms étaient cités par ordre alphabétique. Je les parcourus, évitant la lettre «H».
«ADALBERT, Fritz, tué en Russie en 1942.» Oui, il y avait eu dans
20 ma classe un élève de ce nom. Mais je ne pouvais me le rappeler. En vie, il devait avoir été aussi insignifiant pour moi qu'il l'était

---

1. Appel de fonds: appel à contribution financière.
2. Fascicule: brochure.
3. Érection: édification.

maintenant dans la mort. Il en était de même pour le nom suivant, «BEHRENS, Karl, porté disparu en Russie, présumé mort».

25 Et c'étaient là des garçons que j'eusse pu avoir connus pendant des années, qui avaient un jour été vivants et pleins d'espérance, qui avaient ri et vécu tout comme moi.

«FRANK, Kurt.» Oui, je me souvenais de lui. C'était l'un des trois membres du Caviar, un gentil garçon, et je me sentis désolé pour lui.

30 «MÜLLER, Hugo, mort en Afrique.» Je me le rappelais, lui aussi. Je fermai les yeux et ma mémoire me présenta, comme un daguerréotype quelque peu estompé[1], la vague silhouette d'un garçon blond avec des fossettes, mais rien de plus. Il était mort, tout simplement. Pauvre garçon!

35 C'était différent pour «BOLLACHER, mort, sépulture inconnue». C'était bien fait… si quelqu'un méritait jamais de se faire tuer (dans la mesure où «si» est le mot pivot[2]). Il en était de même pour Schulz. Oh, ceux-là, je me les rappelais fort bien. Je n'avais pas oublié leur poème. Comment commençait-il?

40 *Petit youpin, nous te disons adieu.*
Puisses-tu rejoindre en enfer Moïse et Isaac.

Oui, ils méritaient d'être morts, *si* quelqu'un le méritait jamais.

Je continuai à parcourir toute la liste, sauf les noms commençant par «H», et, quand j'eus fini, je vis que vingt-six garçons de
45 ma classe, sur quarante-six, étaient morts pour «das 1000-jährige Reich[3]».

Je reposai la liste… et attendis.

J'attendis dix minutes, une demi-heure, sans quitter du regard ces pages imprimées qui émanaient de l'enfer de mon passé

---

1. Comme un daguerréotype [...] estompé: comme une photographie pâlie.
2. Le mot pivot: le mot clé.
3. Das 1000-jährige Reich: l'empire de mille ans. Expression nazie qui désigne l'Allemagne créée par Hitler.

Chapitre 19

50 antédiluvien[1] et avaient fait irruption pour me troubler l'esprit et
me rappeler quelque chose que je m'étais tant efforcé d'oublier.

Je travaillai un peu, donnai quelques coups de téléphone et
dictai quelques lettres. Et je ne pouvais encore ni délaisser cet
appel, ni me forcer à chercher le nom qui m'obsédait.

55 Je décidai finalement de détruire cette chose atroce. Avais-je
vraiment envie ou besoin de savoir? S'il était mort ou vivant,
quelle différence cela ferait-il pour moi, puisque, de toute façon,
je ne le reverrais jamais?

Mais en étais-je bien certain? Était-il absolument hors de
60 question que la porte pût s'ouvrir pour lui laisser passage? Et
n'étais-je pas, en cet instant même, en train de prêter l'oreille
pour entendre son pas?

Je saisis le fascicule et j'étais sur le point de le mettre en pièces
lorsque, au dernier moment, je retins ma main. M'armant de
65 courage, tremblant, je l'ouvris à la lettre « H » et lus:

« VON HOHENFELS, Conrad, impliqué dans le complot contre
Hitler. *Exécuté.* »

---

1. Antédiluvien: très lointain (au sens propre, qui date d'avant le Déluge).

Un quiz pour commencer

Cochez les bonnes réponses.

1 *Au retour des vacances, quels changements se sont opérés au lycée ?*
- ☐ La ville de Stuttgart a été complètement détruite.
- ☐ Le professeur d'histoire a été remplacé, le professeur de gymnastique porte la croix gammée.
- ☐ Les professeurs donnent beaucoup plus de travail aux élèves.

2 *Quelle décision le père de Hans prend-il ?*
- ☐ Hans va changer de lycée.
- ☐ Hans va passer les vacances de Noël à New York.
- ☐ Hans va partir vivre aux États-Unis pour quelques années.

3 *Qui envoie une lettre de menaces à Hans avant son départ ?*
- ☐ Bollacher et Schulz.
- ☐ La mère de Conrad.
- ☐ Le nouveau professeur d'histoire.

❹ *Comment le père et la mère de Hans sont-ils morts ?*

- ❏ Ils sont morts dans un incendie.
- ❏ Ils ont été tués par les nazis.
- ❏ Le père de Hans a ouvert le gaz pour mettre fin à leurs jours.

❺ *Combien de temps s'est écoulé entre les chapitres 17 et 18 ?*

- ❏ Un an.
- ❏ Dix ans.
- ❏ Trente ans.

❻ *Où le narrateur vit-il à la fin de l'histoire ?*

- ❏ À Paris.
- ❏ À Stuttgart.
- ❏ À New York.

❼ *Pourquoi Hans ne lit-il pas tout de suite la liste de noms qu'il a reçue ?*

- ❏ Parce que cela ne l'intéresse pas.
- ❏ Parce qu'il a essayé d'oublier cette période de sa vie.
- ❏ Parce qu'il n'en a pas le temps.

❽ *Comment Conrad est-il mort ?*

- ❏ Il a été exécuté pour avoir participé à un complot contre Hitler.
- ❏ Il est mort en défendant le IIIe Reich.
- ❏ Il a été tué en Russie en 1942.

Des questions pour aller plus loin

👉 Analyser le dénouement du récit

Un climat tendu

❶ Relevez des mots ou des expressions indiquant que les tensions politiques se sont accentuées à Stuttgart (chap. 16).

❷ Qui le nouveau professeur d'histoire désigne-t-il lorsqu'il évoque les «puissances des ténèbres» (p. 89)?

❸ Quelle est la réaction du professeur d'histoire lorsqu'il surprend Hans et Bollacher en train de se battre? Qu'en pensez-vous?

❹ Montrez que l'attitude du professeur d'histoire est déterminante et qu'elle conduit Hans à être exclu du reste de la classe.

La fin d'une amitié

❺ Comment Conrad réagit-il à l'issue de la bagarre et de la brimade du professeur d'histoire? Quels sentiments l'attitude de Conrad provoque-t-elle chez Hans?

❻ Par la suite, quelle décision Hans prend-il à l'égard de Conrad et pourquoi?

❼ Dans la lettre de Conrad, relevez des expressions qui témoignent de son affection pour Hans et de son optimisme quant à sa situation. En quoi cette lettre est-elle néanmoins ambiguë?

De l'exclusion à l'exil

❽ Pourquoi le père de Hans décide-t-il d'envoyer son fils à l'étranger?

❾ Récapitulez toutes les formes d'isolement ou d'exclusion qu'a connues Hans dans cette partie du récit.

❿ Comment la rupture du narrateur par rapport à l'Allemagne se manifeste-t-elle?

⓫ En vous appuyant sur des citations, montrez que trente ans plus tard, le narrateur n'est pas heureux malgré sa réussite matérielle. Selon vous, d'où peut provenir son manque d'estime de lui-même ?

L'ami retrouvé

⓬ Tout au long du livre, le narrateur s'effaçait devant le récit de ses souvenirs de jeunesse. En vous appuyant sur les temps verbaux et le lexique des sentiments, montrez que, dans les deux derniers chapitres, le narrateur devenu adulte intervient de manière plus explicite dans le texte.

⓭ Pourquoi peut-on dire que les chapitres 18 et 19 constituent une sorte d'épilogue ? Aidez-vous d'un dictionnaire pour répondre.

⓮ Au chapitre 19, Hans reçoit un courrier de son ancien lycée. Quels sentiments la lecture de ce document provoque-t-elle chez lui ?

⓯ En vous appuyant sur les deux dernières phrases du livre, expliquez son titre. Quel sens la fin du livre donne-t-elle au récit ?

Rappelez-vous !

Il faut attendre les ultimes phrases du livre pour en comprendre le titre (qui était *Reunion*, en anglais). En effet, le récit relate des événements graves qui ont laissé leur empreinte dans la vie du narrateur, mais la fin du texte donne du sens au récit et offre une note plus optimiste. Conrad a finalement changé de camp et sacrifié sa vie pour la cause de son ami, accomplissant ainsi un acte héroïque. Les deux amis sont donc symboliquement réunis.

De la lecture à l'écriture

Des mots pour mieux écrire

❶ *Identifiez le préfixe, le radical et le suffixe de chacun des mots suivants et précisez la classe grammaticale des mots :* inévitablement, malhonnête, illégal, désobéissant, inestimable.

❷ *Chacune des phrases suivantes, tirées du texte, comporte une comparaison. Relevez-les et expliquez chacune d'elles.*

a. Mais, quand je sortis, la rue était aussi froide et vide qu'une plage un jour d'hiver.

b. Mes blessures ne sont pas cicatrisées, et chaque fois que l'Allemagne se rappelle à moi, c'est comme si on les frottait de sel.

c. Ma mémoire me présenta, comme un daguerréotype quelque peu estompé, la vague silhouette d'un garçon blond avec des fossettes.

À vous d'écrire

❶ Au chapitre 17, Hans reçoit une lettre de Conrad. Imaginez sa réponse.
Consigne. En une trentaine de lignes, vous exprimerez l'incompréhension de Hans face à l'adhésion de son ami aux idées d'Hitler, sa tristesse de s'éloigner de ses parents et son regret de quitter son ami. Veillez à respecter les codes d'une lettre personnelle.

❷ À la manière du narrateur de *L'Ami retrouvé*, racontez une anecdote passée que vous vous rappelez des années plus tard.
Consigne. Vous débuterez votre récit aux temps du passé et achèverez par un commentaire au présent qui exprimera votre opinion et vos sentiments actuels.

Du texte à l'image

➡ Adolf Hitler s'entretenant avec de jeunes membres des sections d'assaut
au congrès du parti nazi, Munich, 1930.
➡ Illustration de propagande nazie parue en 1936.
(Images reproduites en fin d'ouvrage, au verso de la couverture.)

👁 *Lire l'image*

❶ Décrivez la photographie en noir et blanc (composition, identité
et attitude des personnages). Comment la personne d'Adolf Hitler
est-elle mise en valeur ?

❷ Décrivez l'illustration du bas plan par plan, puis dites en quoi la
représentation des Juifs est caricaturale.

❸ Expliquez le mot « propagande » et montrez qu'il s'applique
à ces deux images. Quelle était l'intention de chacun de leurs auteurs ?
En quoi ces images sont-elles manipulatrices ?

📄 *Comparer le texte et l'image*

❹ Les deux images cherchent à faire adhérer des jeunes gens
à l'idéologie nazie. Comment cette stratégie de propagande visant
la jeunesse est-elle représentée dans le récit de *L'Ami retrouvé* ?
Pour répondre, appuyez-vous sur des citations précises tirées du texte.

❺ Relisez la lettre que Conrad adresse à Hans, pages 96 à 97. Comparez
l'image qui est donnée d'Adolf Hitler dans la lettre et sur la photographie
en noir et blanc.

✏ *À vous de créer*

❻ B2i Faites un court exposé sur la manière dont les régimes
totalitaires européens des années 1930-1940 (Allemagne nazie,

Italie fasciste, dictature franquiste en Espagne, régime stalinien
en URSS) ont utilisé la propagande politique.

Par groupes de trois élèves, effectuez des recherches au CDI
et sur Internet (par exemple sur **www.educasources.education.fr**
ou sur **www.histoire-image.org**). Votre exposé devra présenter
le contexte historique et décrypter les stratégies de propagande
employées en vous appuyant sur des exemples précis.

Arrêt
sur l'œuvre

Des questions sur l'ensemble de l'œuvre

Un récit autobiographique ?

❶ Dans un dictionnaire ou dans votre manuel de français, cherchez la définition du mot « autobiographie ». Peut-on dire que *L'Ami retrouvé* est un texte autobiographique ?

❷ Effectuez des recherches au CDI ou sur Internet pour vous documenter sur Fred Uhlman. Reportez-vous également à l'interview imaginaire de l'auteur (p. 136). Quels points communs existent entre l'auteur et le narrateur du récit ?

❸ Relevez des passages montrant que le narrateur fait appel à ses souvenirs pour construire son récit. Quel est l'effet produit ?

❹ Selon vous, pourquoi Fred Uhlman n'a-t-il pas écrit cette histoire dans sa langue maternelle, mais en anglais ? Quelle fonction la rédaction d'un tel récit peut-elle avoir pour l'auteur ?

Une histoire indissociable de son contexte historique

❺ Montrez que le récit est ancré dans le réel et témoigne de l'Histoire de l'Allemagne au milieu du xxᵉ siècle.

❻ Montrez que le point de vue du père de Hans et l'opinion de Conrad sont représentatifs d'un état d'esprit de l'époque et illustrent comment le nazisme a pu s'installer en Allemagne.

Une histoire d'amitié impossible

❼ Les mots ou expressions qu'emploie Hans pour qualifier son amitié pour Conrad évoquent parfois le vocabulaire amoureux. Relevez-les dans les quatre premiers chapitres.

❽ Dès le début de son amitié avec Conrad, Hans pressent une possible rupture à cause de son identité juive. Retrouvez les indices donnés dans les chapitres 5, 13 et 14.

❾ Montrez que la grille de la maison des Hohenfels et ses griffons symbolisent l'impossible amitié entre les deux garçons.

Des mots pour mieux écrire

Lexique du passé

Archives: anciens documents conservés pour témoigner d'une époque.

Antédiluvien: qui date d'avant le Déluge (référence à l'Ancien Testament), c'est-à-dire si ancien qu'on n'en connaît plus l'origine.

Estompé: pâli, terni par les ans.

Héritage: au sens figuré, traits culturels ou moraux transmis par des parents ou des ancêtres.

Histoire: discipline scientifique visant à reconstituer l'histoire des hommes avec le plus d'objectivité possible.

Jadis: autrefois, auparavant.

Nostalgie: sentiment de regret du passé.

Renier: prétendre qu'on n'a pas connu quelqu'un ou quelque chose.

Répercussions: conséquences d'un événement sur l'avenir.

Rétrospectivement: après coup, *a posteriori.*

❶ *Mots cachés*

Retrouvez les dix mots du lexique du passé dans la grille suivante.
Les mots peuvent être écrits horizontalement, verticalement ou en diagonale.

É	A	R	C	H	I	V	E	S	A	T	R	T	I	R	M
T	R	A	N	R	E	S	C	R	E	S	I	O	N	É	É
G	A	L	I	N	O	S	T	A	L	G	I	E	E	T	D
E	R	N	V	N	D	R	E	N	I	E	R	B	O	R	P
P	O	U	T	I	O	U	R	M	H	D	N	H	S	O	E
C	G	L	E	É	R	M	E	É	S	O	I	I	E	S	C
O	L	H	U	F	D	W	R	U	É	L	D	S	Z	P	T
L	A	A	B	L	L	I	C	M	E	E	R	T	C	E	C
B	T	L	J	I	T	G	L	U	L	N	U	O	H	C	H
E	R	L	B	A	C	R	A	U	O	T	G	I	O	T	U
R	O	E	G	N	D	U	M	E	V	T	U	R	U	I	E
T	C	E	T	R	U	I	C	E	S	I	E	E	I	V	S
I	E	S	E	M	O	N	S	T	É	Y	E	D	S	E	T
E	Z	A	R	P	È	G	B	I	L	I	K	N	T	M	O
S	D	É	R	O	A	N	T	B	U	L	J	B	M	E	M
È	R	A	I	S	P	O	N	S	A	C	L	U	E	N	P
R	É	P	E	R	C	U	S	S	I	O	N	S	Y	T	É

❷ *Choisissez trois mots appartenant au lexique du passé et employez chacun d'entre eux dans une phrase qui en éclairera le sens.*

Lexique de l'amitié

Abnégation: dévouement, sacrifice.
Altruisme: fait de se dévouer à l'autre.
Autrui: toute personne autre que soi-même.
Affinité: lien de ressemblance ou point commun qui rapproche deux personnes.
Communion: fait d'être en total accord avec quelqu'un.

Confiance: assurance de celui qui se fie à quelqu'un sur qui il peut compter.
Empathie: capacité à se mettre à la place de quelqu'un.
Fiable: sûr, digne de confiance.
Fraternité: lien profond unissant deux êtres, comme s'ils appartenaient à la même famille.
Loyalisme: fidélité, fort attachement.

a. *Sur Internet ou à l'aide d'un dictionnaire, trouvez au moins trois citations d'écrivains portant sur le thème de l'amitié.*
b. *Dites celle qui vous touche le plus et expliquez, en une dizaine de lignes, les raisons de votre choix.*

À vous de créer

❶ B2i *Faire un exposé sur le contexte historique du récit*

Par groupes de deux ou trois élèves, rédigez un exposé sur le contexte historique de *L'Ami retrouvé*.

Étape 1. Choix du sujet
Choisissez une thématique parmi les suivantes:
– l'Allemagne dans les années 1930;
– l'antisémitisme en Allemagne;
– l'idéologie nazie;
– la résistance allemande au nazisme.
Réfléchissez ensemble à une problématique: à quelles questions faudra-t-il avoir répondu pour avoir traité le sujet? Notez-les au brouillon.

Étape 2. Recherches documentaires sur Internet
Pour effectuer vos recherches, utilisez au moins deux des outils
de recherche suivants :
– le moteur de recherche de l'éducation : **www.education.gouv.
frcid50125/le-moteur-de-recherche-de-l-education.html**
– Spinoo : **www.spinoo.fr**
– Éducasources : **www.educasources.education.fr**
Prenez des notes puis, au brouillon, commencez à réfléchir aux idées
principales qui se dessinent.

Étape 3. Illustration
Choisissez une illustration pour votre exposé. Deux possibilités existent :
– chercher une image libre de droits et gratuite pour illustrer votre
sujet. Attention, si vous avez trouvé une image dont les modalités
d'utilisation ne sont pas indiquées, cherchez-en une autre.
– créer vous-mêmes une image. Vous pouvez par exemple faire un
collage de plusieurs images ou de papiers, prendre en photo des objets,
une personne, un paysage…
En la téléchargeant ou en la scannant, récupérez l'image que vous avez
choisie sur votre ordinateur.

Étape 4. Rédaction
En utilisant un logiciel de traitement de texte, rédigez ensemble
un exposé d'une quarantaine de lignes comprenant :
– une introduction présentant votre sujet ;
– trois axes d'études ;
– une conclusion ;
– la mention de vos sources.
N'oubliez pas d'insérer l'image que vous avez choisie dans votre document.
Puis, chacun à votre tour, relisez attentivement votre exposé et proposez
les corrections ou les compléments qui vous semblent nécessaires.
Soyez attentifs à la mise en page, à la qualité de l'expression et à
l'orthographe.

❷ B2i *Créer un blog de lecture collectif sur* **L'Ami retrouvé**

Publiez vos impressions de lecture sur *L'Ami retrouvé* de Fred Uhlman.

Étape 1. Travail au brouillon
Au brouillon, écrivez un texte d'une trentaine de lignes pour donner votre avis sur l'œuvre. Votre texte comportera trois parties :
– une introduction présentant l'œuvre ;
– votre regard critique : ce qui vous a plu/ce qui vous a déplu (en deux parties) ;
– une conclusion contenant vos recommandations : conseilleriez-vous ce livre ? Pourquoi ?

Étape 2. Publication
– Connectez-vous à l'adresse URL indiquée par votre professeur.
– Entrez votre identifiant et votre mot de passe pour accéder à l'espace d'administration.
– Cliquez sur « nouvel article » pour afficher la page sur laquelle vous allez recopier votre brouillon et insérer votre image. N'oubliez pas de donner une légende à cette image.
– Veillez à enregistrer régulièrement votre travail pendant la saisie.

Étape 3. Lecture et commentaires
Une fois que les articles de tous les élèves de la classe auront été publiés, lisez ceux de vos camarades et écrivez pour chacun d'eux un commentaire pour les compléter ou donner votre avis.

Du texte à l'image

➡ Photographies tirées de l'adaptation cinématographique de *L'Ami retrouvé*
par Jerry Schatzberg, 1988.
(Images reproduites en couverture et en début d'ouvrage, au verso de la couverture.)

👁 *Lire l'image*

❶ Décrivez les deux photographies (couleurs, composition, attitude des
personnages) en soulignant leurs points communs et leurs différences.
❷ Les deux photographies dégagent-elles la même atmosphère ?
Comparez la relation entre les personnages sur chacune d'elles.

📄 *Comparer le texte et l'image*

❸ Sur les deux images, identifiez Hans et Conrad, en indiquant quels
détails vous ont permis de répondre.
❹ Trouvez deux citations du texte qui pourraient constituer la légende
de chacune des deux photographies.

✎ *À vous de créer*

❺ **B2i** Hans et Conrad souhaitent partir en voyage ensemble, mais
ils sont en désaccord sur le choix de la destination : Conrad aimerait
découvrir Madrid, Hans préférerait partir à Londres. Par groupes de
deux élèves, imaginez le débat entre les deux personnages, que vous
reproduirez sous la forme de messages sur Twitter.
Choisissez qui incarnera quel personnage, créez un compte Twitter
pour chacun (sur le modèle nom du personnage_votre prénom), puis
abonnez-vous au compte de votre camarade. Rédigez au moins cinq
messages chacun. Votre personnage devra avancer trois arguments
pour soutenir son choix. Soignez les transitions entre chaque
intervention. Respectez une orthographe et une syntaxe correctes
(vous pouvez effacer vos messages et recommencer si besoin).

Groupements de textes

Éloges de l'amitié

Michel de Montaigne, *Essais*

Avec les *Essais*, Michel de Montaigne (1533-1592) entreprend une vaste entreprise de réflexion sur lui-même qui le conduit à écrire ses pensées et sa vision de la vie. Dans le chapitre « De l'amitié », il expose son idéal de l'amitié et rend hommage à son ami Étienne de La Boétie (1530-1563).

Au demeurant, ce que nous appelons ordinairement amis et amitiés, ce ne sont qu'accointances[1] et familiarités nouées par quelque occasion ou commodité, par le moyen de laquelle nos âmes s'entretiennent. En l'amitié de quoi je parle, elles se mêlent et confondent l'une en l'autre, d'un mélange si universel qu'elles effacent et ne retrouvent plus la couture qui les a jointes. Si on me presse de dire pourquoi je l'aimais, je sens que cela ne se peut exprimer, qu'en répondant: « Parce que c'était lui, parce que c'était moi. »

Il y a, au-delà de tout mon discours, et de ce que j'en puis dire particulièrement, ne sais quelle force inexplicable et fatale,

---

1. **Accointances** : affinités.

médiatrice de[1] cette union. Nous nous cherchions avant que de nous être vus, et par des rapports que nous oyions[2] l'un de l'autre, qui faisaient en notre affection plus d'effort que ne porte la raison des rapports, je crois par quelque ordonnance du ciel ; nous nous embrassions par nos noms. Et à notre première rencontre, qui fut par hasard en une grande fête et compagnie de ville, nous nous trouvâmes si pris, si connus, si obligés entre nous, que rien dès lors ne nous fut si proche que l'un à l'autre. Il écrivit une satire latine excellente, qui est publiée, par laquelle il excuse et explique la précipitation de notre intelligence, si promptement parvenue à sa perfection. Ayant si peu à durer, et ayant si tard commencé, car nous étions tous deux hommes faits, et lui plus de quelques années, elle n'avait point à perdre de temps et à se régler au patron des amitiés molles et régulières, auxquelles il faut tant de précautions de longue et préalable conversation. Celle-ci n'a point d'autre idée que d'elle-même, et ne se peut rapporter qu'à soi. Ce n'est pas une spéciale considération, ni deux, ni trois, ni quatre, ni mille : c'est je ne sais quelle quintessence[3] de tout ce mélange, qui ayant saisi toute ma volonté, l'amena se plonger et se perdre dans la sienne ; qui, ayant saisi toute sa volonté, l'amena se plonger et se perdre en la mienne, d'une faim, d'une concurrence pareille. Je dis perdre, à la vérité, ne nous réservant rien qui nous fût propre, ni qui fût ou sien, ou mien.

Michel de Montaigne, *Essais* [1580], I, 28, « De l'amitié »,
Gallimard, « Folio classique », 2009.

Voltaire, *Jeannot et Colin*

Voltaire (1694-1778), auteur du siècle des Lumières, a écrit de nombreux contes philosophiques, récits assez courts dont le lecteur peut tirer un enseignement. Jeannot et Colin sont amis. Le père de Jeannot achète un titre de noblesse, et dès lors, son fils méprise Colin. Les deux garçons se retrouvent quelques années plus tard, mais la situation s'est inversée : Jeannot a tout perdu, Colin est devenu riche.

------

1. **Médiatrice de** : à l'origine de.
2. **Oyions** : entendions.
3. **Quintessence** : ce qu'il y a de meilleur dans quelque chose.

«Eh! mon Dieu! s'écria-t-il, je crois que c'est là Jeannot!» À ce nom, le marquis lève les yeux, la voiture s'arrête: «C'est Jeannot lui-même! c'est Jeannot.» Le petit homme rebondi ne fait qu'un saut, et court embrasser son ancien camarade. Jeannot reconnut Colin; la honte et les pleurs couvrirent son visage. «Tu m'as abandonné, dit Colin; mais tu as beau être grand seigneur, je t'aimerai toujours.» Jeannot, confus et attendri, lui conta, en sanglotant, une partie de son histoire. «Viens dans l'hôtellerie où je loge me conter le reste, lui dit Colin; embrasse ma petite femme, et allons dîner ensemble.» Ils vont tous trois à pied, suivis du bagage. «Qu'est-ce donc que tout cet attirail? vous appartient-il? – Oui, tout est à moi et à ma femme. Nous arrivons du pays; je suis à la tête d'une bonne manufacture de fer étamé et de cuivre. J'ai épousé la fille d'un riche négociant en ustensiles nécessaires aux grands et aux petits; nous travaillons beaucoup; Dieu nous bénit; nous n'avons point changé d'état; nous sommes heureux, nous aiderons notre ami Jeannot. Ne sois plus marquis; toutes les grandeurs de ce monde ne valent pas un bon ami. Tu reviendras avec moi au pays, je t'apprendrai le métier, il n'est pas bien difficile; je te mettrai de part, et nous vivrons gaiement dans le coin de terre où nous sommes nés.» Jeannot, éperdu, se sentait partagé entre la douleur et la joie, la tendresse et la honte; et il se disait tout bas: «Tous mes amis du bel air m'ont trahi, et Colin, que j'ai méprisé, vient seul à mon secours. Quelle instruction!» La bonté d'âme de Colin développa dans le cœur de Jeannot le germe du bon naturel, que le monde n'avait pas encore étouffé. Il sentit qu'il ne pouvait abandonner son père et sa mère. «Nous aurons soin de ta mère, dit Colin; et, quant à ton bonhomme de père, qui est en prison, j'entends un peu les affaires; ses créanciers, voyant qu'il n'a plus rien, s'accommoderont pour peu de chose; je me charge de tout.» Colin fit tant qu'il tira le père de prison. Jeannot retourna dans sa patrie avec ses parents, qui reprirent leur première profession. Il épousa une sœur de Colin, laquelle, étant de même humeur que le frère, le rendit très heureux. Et Jeannot le père, et Jeannotte la mère, et Jeannot le fils, virent que le bonheur n'est pas dans la vanité.

Voltaire, *Jeannot et Colin* [1764], GF-Flammarion, «Étonnants classiques», 2007.

Alfred de Musset, « Sonnet à Victor Hugo »

Alfred de Musset (1810-1857), dramaturge et poète français, a consacré son œuvre théâtrale et poétique à l'expression des sentiments. Ce
sonnet, publié pour la première fois en 1843, vante la permanence de
l'amitié, qui peut renaître après des années d'éloignement.

À. M. V. H[1].

Il faut, dans ce bas monde, aimer beaucoup de choses,
Pour savoir, après tout, ce qu'on aime le mieux :
Les bonbons, l'Océan, le jeu, l'azur des cieux,
Les femmes, les chevaux, les lauriers et les roses.

Il faut fouler aux pieds des fleurs à peine écloses ;
Il faut beaucoup pleurer, dire beaucoup d'adieux.
Puis le cœur s'aperçoit qu'il est devenu vieux,
Et l'effet qui s'en va nous découvre les causes[2].

De ces biens passagers que l'on goûte à demi,
Le meilleur qui nous reste est un ancien ami.
On se brouille, on se fuit. – Qu'un hasard nous rassemble,

On s'approche, on sourit, la main touche la main,
Et nous nous souvenons que nous marchions ensemble,
Que l'âme est immortelle, et qu'hier c'est demain.

Alfred de Musset, *Poésies nouvelles* [1850] dans *Premières poésies.*
Poésies nouvelles, Gallimard, « Poésie », 1976.

---

1. À M. Victor Hugo (le poème lui est dédié).
2. Et l'effet qui s'en va nous découvre les causes : et la conséquence, le symptôme,
s'efface pour en révéler la cause profonde.

Émile Zola, *La Débâcle*

Ce roman appartient au cycle des *Rougon-Macquart*, un ensemble de romans d'Émile Zola (1840-1902) où est relatée l'histoire d'une famille sous le Second Empire. En 1870, la France est en guerre contre la Prusse. Dans l'enfer des combats, deux amis, Maurice et Jean, s'épaulent et font face à l'adversité.

Maurice s'abandonna à son bras, se laissa emporter comme un enfant. Jamais bras de femme ne lui avait tenu aussi chaud au cœur. Dans l'écroulement de tout, au milieu de cette misère extrême, avec la mort en face, cela était pour lui d'un réconfort délicieux, de sentir un être l'aimer et le soigner ; et peut-être l'idée que ce cœur tout à lui était celui d'un simple, d'un paysan resté près de la terre, dont il avait eu d'abord la répugnance, ajoutait-elle maintenant à sa gratitude une douceur infinie. N'était-ce point la fraternité des premiers jours du monde, l'amitié avant toute culture et toutes classes, cette amitié de deux hommes unis et confondus, dans leur commun besoin d'assistance, devant la menace de la nature ennemie ? Il entendait battre son humanité dans la poitrine de Jean, et il était fier pour lui-même de le sentir plus fort, le secourant, se dévouant ; tandis que Jean, sans analyser sa sensation, goûtait une joie à protéger chez son ami cette grâce, cette intelligence, restées en lui rudimentaires. Depuis la mort violente de sa femme, emportée dans un affreux drame, il se croyait sans cœur, il avait juré de ne plus jamais en voir, de ces créatures dont on souffre tant, même quand elles ne sont pas mauvaises. Et l'amitié leur devenait à tous deux comme un élargissement : on avait beau ne pas s'embrasser, on se touchait à fond, on était l'un dans l'autre, si différent qu'on fût, sur cette terrible route de Remilly, l'un soutenant l'autre, ne faisant plus qu'un être de pitié et de souffrance. Comme l'arrière-garde quittait Raucourt, les Allemands, à l'autre bout, y entraient ; et deux de leurs batteries[1], tout de suite installées, à gauche, sur les hauteurs, tirèrent.

Émile Zola, *La Débâcle* [1897], Gallimard, « Folio classique », 1984.

---

1. **Batteries** : ensembles de soldats.

Jacques de Lacretelle, *Silbermann*

Ce roman de Jacques de Lacretelle (1888-1985) permet un parallèle
intéressant avec *L'Ami retrouvé*. Dans le récit de Fred Uhlman, le point
de vue adopté est celui de l'enfant juif. Ici, c'est l'inverse : le narrateur
raconte son amitié avec un camarade de classe juif et son combat pour
le défendre contre les injustices qu'il subit au lycée.

Dès lors, je me dévouai entièrement à Silbermann. À chaque
récréation, je me hâtais de le rejoindre, espérant le protéger par
ma présence. Heureusement, l'hiver venu, sa situation s'adoucit
un peu. En raison du froid, nous restions dans les classes, où l'on
n'osait rien contre lui ; et le soir, à la sortie, il s'échappait à la
faveur de l'obscurité.

Nous nous retrouvions dans la rue. Nous faisions chemin
ensemble et je l'accompagnais jusqu'à sa porte. Quelquefois je
montais chez lui et nous nous mettions à faire nos devoirs. Sa faci-
lité au travail, autant que ses méthodes, m'émerveillait. Lorsqu'il
faisait une version latine, je le voyais d'abord lire rapidement la
phrase avec un regard tendu ; puis réfléchir quelques secondes,
mordant fiévreusement ses lèvres ; enfin lire de nouveau en balan-
çant la tête et les mains selon le rythme de la phrase ; et, ayant à
peine consulté le dictionnaire, écrire la traduction. Assis en face
de lui, dénué de toute inspiration, cherchant scrupuleusement le
sens de chaque mot, j'avançais dans les ténèbres pas à pas.

Lorsque nous avions terminé, il allait vers la bibliothèque et
me faisait part de sa dernière découverte. Car il n'y avait pas
de semaine qu'il ne s'enthousiasmât sur une nouvelle œuvre.
Enthousiasme désordonné, qui me faisait passer tout d'un coup,
d'un sonnet de la Pléiade à un conte de Voltaire ou à un chapitre
de Michelet. Il prenait le livre et lisait. Souvent il me tenait par
le bras et, aux endroits qu'il jugeait beaux, je sentais l'étreinte
se resserrer. Il ne voulait jamais s'arrêter. Une fois, il me lut en
entier la *Conversation du maréchal d'Hocquincourt*, figurant tour à
tour avec des intonations particulières et des mines comiques le
père jésuite, le janséniste[1] et le maréchal.

---

1. **Père jésuite** : prêtre membre d'un ordre religieux catholique ; **janséniste** : membre
d'un mouvement religieux.

Bientôt nous passâmes ensemble tous nos jours de congé. C'était lui qui décidait comment ils seraient employés. Je ne faisais jamais d'objections. Je sacrifiais mes désirs aux siens sans regret. Mon rôle n'était-il pas de me consacrer entièrement à son bonheur et de racheter par cet acte les actes des méchants? Lorsque le consentement me coûtait, je répétais en moi-même : « C'est ma mission. » Et cette pensée m'aurait fait accepter n'importe quel déplaisir.

Cependant, tout en le suivant, je m'efforçais de le guider sans qu'il y parût. Car j'estimais que ma mission était aussi de le débarrasser de certains caractères préjudiciables, de le réformer peu à peu. Je ne savais trop jusqu'où s'étendait ce plan, je ne faisais aucun calcul ; toutefois il m'arrivait souvent de passer exprès avec lui devant le petit temple protestant de Passy. Je ne disais pas un mot, je ne désignais même pas l'édifice ; mais j'avais l'arrière-pensée qu'un jour peut-être je l'y ferais pénétrer avec moi…

J'avais parlé de lui à mes parents. Ils désirèrent le connaître et je l'invitai à déjeuner chez nous. Ma mère qui était sensible et avait horreur de la violence s'était beaucoup apitoyée, d'après mes récits, sur la situation faite à Silbermann au lycée. Les sentiments de ma mère à l'égard des Juifs étaient difficiles à définir. Élevée dans un pays où catholiques et protestants se dressent encore les uns contre les autres avec passion, elle ressentait pour la cause des Juifs la sympathie qui unit généralement les minorités.

Jacques de Lacretelle, *Silbermann* [1922], Gallimard, « Folio », 1973.

Grand Corps Malade, « Avec eux »

Le slam, né dans les années 1980 aux États-Unis, est à mi-chemin de la chanson et du rap : il s'agit de dire, en général *a cappella* (sans accompagnement instrumental), un texte qu'on a écrit. Les artistes de slam travaillent sur la langue de façon poétique, par le biais de jeux de mots et de sonorités. Né en 1977, Grand Corps Malade a fait connaître et popularisé le slam auprès du public français. Il fait ici un éloge de l'amitié.

On s'est connus à l'école, en colonie ou au sport
On s'est jaugés, on s'est parlés, ces p'tits débuts qui valent de l'or

La vie a fait qu'on s'est revus, l'envie a fait qu'on est restés
Ensemble autant qu'on a pu, sentant qu'ça allait nous booster

On a su, dès nos débuts, qu'il y avait quelque chose de spécial
Mes lascars m'ont convaincu que leur présence m'était cruciale
Alors, on se souffle dans l'dos pour se porter les uns les autres
On s'est compris sans même s'entendre, chaque fois qu'on a
commis des fautes

Et puis, c'est en équipe qu'on a traversé les hivers
Et les étés ensoleillés, les barres de rire et les galères
Ils m'sont devenus indispensables, comme chaque histoire a ses
héros
Ils sont devenus mes frangins, mes copains, mes frérots

On forme un bloc où l'intégrité s'pratique pas à moitié
Et je reste entier aussi parce qu'ils m'ont jamais diminué
Au cœur d'cette cité, ils m'ont bien ouvert les yeux
Pour éviter les pièges à loups des jaloux envieux d'not' jeu

J'aurai jamais assez de salive pour raconter tous nos souvenirs
Ils ont squatté dans mon passé et s'ront acteurs de mon avenir
On a tellement d'histoires ensemble qu'j'ai l'impression d'avoir
cent ans
Nous on s'kiffe et ça s'entend, on fait du bruit, et pour longtemps

[...]

Refrain

Avec eux j'ai moins de failles, avec eux je me sens de taille
Avec eux rien que ça taille, ça tient chaud quand y caille
Avec eux j'ai moins de failles, avec eux je me sens de taille
Bien posé sur les rails, on a la dalle et on graille

Avec eux, on a écrit quelques belles pages de notre histoire
Et je vous assure que c'est pas fini, suffit de nous voir pour le croire
À vouloir faire des trucs ensemble, en fait, ce qu'on a le mieux réussi
C'est de fabriquer une amitié, potes à perpète et sans sursis

Avec eux, on cherche tout le temps, on est toujours aux quatre
cents coups
Mais les meilleurs moments c'est quand même quand on fait rien
du tout
Capables de rester quatre jours à la terrasse d'un café
On s'nourrit de ces instants parfaits, pour nous, glander c'est taffer
[...]
Rétrospectivement j'nous r'vois sapés comme des charclo
À essayer de négocier alors que le débat était clos
Leur présence m'est essentielle, elle aide à s'tenir debout
Nos rêves se conjuguent au pluriel,
quand je parle de moi,
moi, je dis nous

Refrain

L'amitié, c'est une autoroute avec de belles destinations
Elles sont toutes bien indiquées et ça devient vite une addiction
Ça r'ssemble un peu à l'amour mais en moins dur, je vais
m'expliquer
C'est plus serein, moins pulsionnel donc forcément moins
compliqué

Paraît que l'entourage, ça change vachement quand t'as la cote
C'est pour ça que c'est rassurant d'évoluer avec ses potes
Notre dur labeur paye, on voit les portes qui s'entrouvrent
Dorénavant, les phases, on les cherche plus, on les trouve

Grand Corps Malade, « Avec eux » dans Enfant de la ville,
© Anouche Productions, 2008.

Douloureux souvenirs

Romain Gary, *La Promesse de l'aube*

La mère de Romain Gary (1914-1980) est le personnage central de ce roman autobiographique. Vouant un amour sans bornes à son fils, elle est prête à tout pour qu'il réussisse sa vie. Adolescent, elle l'agaçait, adulte, il l'évoque avec gratitude et nostalgie. Dans cet extrait, le narrateur raconte le jour où il est retourné à la pension où il avait vécu avec sa mère, et où il pense la retrouver après trois années de séparation dues à la guerre.

Je devrais interrompre ici ce récit. Je n'écris pas pour jeter une ombre plus grande sur la terre. Il m'en coûte de continuer et je vais le faire le plus rapidement possible, en ajoutant vite ces quelques mots, pour que tout soit fini et pour que je puisse laisser retomber ma tête sur le sable, au bord de l'océan, dans la solitude de Big Sur[1] où j'ai essayé en vain de fuir la promesse de finir ce récit. À l'hôtel-pension Mermonts où je fis arrêter la jeep, il n'y avait personne pour m'accueillir. On y avait vaguement entendu parler de ma mère, mais on ne la connaissait pas. Mes amis étaient dispersés. Il me fallut plusieurs heures pour connaître la vérité. Ma mère était morte trois ans et demi auparavant, quelques mois après mon départ pour l'Angleterre. Mais elle savait bien que je ne pouvais pas tenir debout sans me sentir soutenu par elle et elle avait pris ses précautions. Au cours des derniers jours qui avaient précédé sa mort, elle avait écrit près de deux cent cinquante lettres, qu'elle avait fait parvenir à son amie en Suisse. Je ne devais pas savoir – les lettres devaient m'être expédiées régulièrement – c'était cela, sans doute, qu'elle combinait avec amour, lorsque j'avais saisi cette expression de ruse dans son regard, à la clinique Saint-Antoine, où j'étais venu la voir pour la dernière fois.

Romain Gary, *La Promesse de l'aube* [1960],
Gallimard, «Folioplus classiques», 2009.

---

1. Big Sur: nom d'une plage de la côte Ouest des États-Unis, où le narrateur rédige son récit.

Jean-Paul Sartre, *Les Mots*

Dans ce récit autobiographique, Jean-Paul Sartre (1905-1980) fait le récit d'un épisode traumatisant de son enfance. Enfant, ses belles boucles blondes faisaient la fierté de sa mère. Un jour, le grand-père du petit garçon l'emmène chez le coiffeur, sans mesurer les conséquences de son acte.

Un jour – j'avais sept ans – mon grand-père n'y tint plus : il me prit par la main, annonçant qu'il m'emmenait en promenade. Mais à peine avions-nous tourné le coin de la rue, il me poussa chez le coiffeur en me disant : « Viens, nous allons faire une surprise à ta mère. » J'adorais les surprises. Il y en avait tout le temps chez nous. Cachotteries amusées ou vertueuses, cadeaux inattendus, révélations théâtrales suivies d'embrassements : c'était le ton de notre vie. Quand on m'avait ôté l'appendice, ma mère n'en avait pas soufflé mot à Karl pour lui éviter des angoisses qu'il n'eût, de toute manière, pas ressenties. Mon oncle Auguste avait donné l'argent ; revenus clandestinement d'Arcachon, nous nous étions cachés dans une clinique de Courbevoie. Le surlendemain de l'opération, Auguste était venu voir mon grand-père : « Je vais, lui avait-il dit, t'annoncer une bonne nouvelle. » Karl fut trompé par l'affable solennité de cette voix : « Tu te remaries ! » « Non, répondit mon oncle en se souriant, mais tout s'est très bien passé. » « Quoi, tout ? », etc. Bref les coups de théâtre faisaient mon petit ordinaire et je regardai avec bienveillance mes boucles rouler le long de la serviette blanche qui me serrait le cou et tomber sur le plancher, inexplicablement ternies ; je revins glorieux et tondu. Il y eut des cris mais pas d'embrassements et ma mère s'enferma dans sa chambre pour pleurer : on avait troqué sa fillette contre un garçonnet. Il y avait pis[1] : tant qu'elles voltigeaient autour de mes oreilles, mes belles anglaises lui avaient permis de refuser l'évidence de ma laideur. Déjà, pourtant mon œil droit entrait dans le crépuscule. Il fallut qu'elle s'avouât la vérité. Mon grand-père semblait lui-même tout interdit ; on lui avait confié sa petite merveille, il avait rendu un crapaud : c'était saper à la base ses futurs émerveillements.

Jean-Paul Sartre, *Les Mots* [1964], Gallimard, « Folio », 1995.

---

1. **Pis** : pire.

Albert Cohen, *Ô vous, frères humains*

Toute l'œuvre d'Albert Cohen (1895-1980) entretient des liens plus ou moins étroits avec la vie de l'écrivain. Lorsqu'il sent venir la fin de celle-ci, il rédige *Ô vous, frères humains* afin de revenir sur un souvenir d'enfance marquant : un commerçant l'a insulté en pleine rue.

Le cœur battant, tout ému de l'important achat qui allait me valoir la considération des badauds et l'amitié du camelot[1], je mis la main dans la poche de mon costume marin pour en sortir la grande somme, et j'aspirai largement pour avoir le courage de m'avancer et de réclamer les trois bâtons[2]. Mais alors, rencontrant mon sourire tendre de dix ans, sourire d'amour, le camelot s'arrêta de discourir et de frotter, scruta silencieusement mon visage, sourit à son tour, et j'eus peur. […]

« Toi, tu es un youpin, hein ? me dit le blond camelot aux fines moustaches que j'étais allé écouter avec foi et tendresse à la sortie du lycée, tu es un sale youpin, hein ? je vois ça à ta gueule, tu manges pas de cochon, hein ? vu que les cochons se mangent pas entre eux, tu es avare, hein ? je vois ça à ta gueule, tu bouffes les louis d'or, hein ? tu aimes mieux ça que les bonbons, hein ? tu es encore un Français à la manque, hein ? je vois ça à ta gueule, tu es un sale Juif, hein ? un sale Juif, hein ? ton père est de la finance internationale, hein ? tu viens manger le pain des Français, hein ? messieurs dames, je vous présente un copain à Dreyfus[3], un petit youtre pur sang, garanti de la confrérie du sécateur, raccourci où il faut, je les reconnais du premier coup, j'ai l'œil américain, moi, et ben nous on aime pas les Juifs par ici, c'est une sale race, c'est tous des espions vendus en Allemagne, voyez Dreyfus, c'est tous des traîtres, c'est tous des salauds, sont mauvais comme la gale, des sangsues du pauvre monde, ça roule sur l'or et ça fume des gros cigares pendant que nous on se met la ceinture, pas vrai,

---

1. Camelot : vendeur ambulant qui apostrophe les passants pour les convaincre d'acheter des objets sans valeur.
2. La mère du narrateur lui a donné quelques francs pour son anniversaire, il prévoit d'acheter trois bâtons de détachant.
3. Allusion au capitaine Dreyfus, un officier français et juif, accusé de trahison, à tort, en 1894. Son procès mouvementé a mis en lumière l'antisémitisme d'une partie de la société française.

messieurs dames? tu peux filer, on t'a assez vu, tu es pas chez toi
ici, c'est pas ton pays ici, tu as rien à faire chez nous, allez, file,
débarrasse voir un peu le plancher, va un peu voir à Jérusalem si
j'y suis».

[...]

Je suis parti sous les rires de la majorité satisfaite, braves gens
qui s'aimaient de détester ensemble, niaisement communiant en
un ennemi commun, l'étranger, je suis parti, gardant mon sourire, affreux sourire tremblé, sourire de la honte. Et j'ai rasé les
murs en ma dixième année, en ce dixième anniversaire de ma
naissance, rasé furtivement les murs, chien battu, chien renvoyé.
[...] J'ai erré dans les rues de Marseille, ne sachant pas pourquoi
ils étaient méchants, ne comprenant pas le mal que j'avais fait,
que je leur avais fait. Je me suis arrêté devant un mur, mon premier mur des pleurs[1], pour comprendre.

Albert Cohen, Ô vous, frères humains [1972],
Gallimard, «Folio», 1988.

Georges Perec, *W ou le Souvenir d'enfance*

**Georges Perec (1936-1982) est d'origine juive et a perdu ses deux
parents durant la Seconde Guerre mondiale. Dans *W ou le Souvenir
d'enfance*, il fait alterner une fiction et un texte autobiographique. L'extrait suivant appartient à ce second genre. À l'école, le narrateur a subi
une injustice marquante; devenu adulte, il fait le récit de sa douleur
d'enfant.**

J'ai trois souvenirs d'école.

Le premier est le plus flou: c'est dans la cave de l'école. Nous
nous bousculons. On nous fait essayer des masques à gaz: les gros
yeux de mica, le truc qui pendouille par-devant, l'odeur écœu-
rante du caoutchouc.

Le second est le plus tenace: je dévale en courant – ce n'est
pas exactement en courant: à chaque enjambée, je saute une

---

1. Allusion au mur des Lamentations, à Jérusalem, considéré comme un lieu saint par
les Juifs.

fois sur le pied qui vient de se poser ; c'est une façon de courir à mi-chemin de la course proprement dite et du saut à cloche-pied, très fréquente chez les enfants, mais je ne lui connais pas de dénomination particulière –, je dévale donc la rue des Couronnes, tenant à bout de bras un dessin que j'ai fait à l'école (une peinture, même) et qui représente un ours brun sur fond ocre. Je suis ivre de joie. Je crie de toutes mes forces : « Les oursons ! Les oursons ! »

Le troisième est, apparemment, le plus organisé. À l'école on nous donnait des bons points. C'étaient des petits carrés de carton jaunes ou rouges sur lesquels il y avait d'écrit : 1 point, encadré d'une guirlande. Quand on avait eu un certain nombre de bons points dans la semaine, on avait droit à une médaille. J'avais envie d'avoir une médaille et un jour je l'obtins. La maîtresse l'agrafa sur mon tablier. À la sortie, dans l'escalier, il y eut une bousculade qui se répercuta de marche en marche et d'enfant en enfant. J'étais au milieu de l'escalier et je fis tomber une petite fille. La maîtresse crut que je l'avais fait exprès ; elle se précipita sur moi et, sans écouter mes protestations, m'arracha ma médaille.

Je me *vois* dévalant la rue des Couronnes en courant de cette façon particulière qu'ont les enfants de courir, mais je *sens* encore physiquement cette poussée dans le dos, cette preuve flagrante de l'injustice, et la sensation cénesthésique[1] de ce déséquilibre imposé par les autres, venu d'au-dessus de moi et retombant sur moi, reste si fortement inscrite dans mon corps que je me demande si ce souvenir ne masque pas en fait son exact contraire : non pas le souvenir d'une médaille arrachée, mais celui d'une étoile épinglée[2].

Georges Perec, *W ou le Souvenir d'enfance* [1975],
Gallimard, « L'imaginaire », 1993.
© Denoël.

---

1. Sensation cénesthésique : sensation physique due à une impression de malaise.
2. Allusion à l'étoile jaune que les Juifs devaient porter sous l'Occupation nazie.

Marguerite Duras, *La Douleur*

Dans ce récit autobiographique, Marguerite Duras (1914-1996) relate le retour de son époux, Robert Antelme, qui avait été arrêté et déporté pour sa participation à la Résistance. Elle est confrontée à un homme décharné, méconnaissable, et assiste à son combat contre la mort.

Dans mon souvenir, à un moment donné, les bruits s'éteignent et je le vois. Immense. Devant moi. Je ne le reconnais pas. Il me regarde. Il sourit. Il se laisse regarder. Une fatigue surnaturelle se montre dans son sourire, celle d'être arrivé à vivre jusqu'à ce moment-ci. C'est à ce sourire que tout à coup je le reconnais, mais de très loin, comme si je le voyais au fond d'un tunnel. C'est un sourire de confusion. Il s'excuse d'en être là, réduit à ce déchet. Et puis le sourire s'évanouit. Et il redevient un inconnu. Mais la connaissance est là, que cet inconnu c'est lui, Robert L., dans sa totalité.

[...]

La lutte a commencé très vite avec la mort. Il fallait y aller doux avec elle, avec délicatesse, tact, doigté. Elle le cernait de tous les côtés. Mais tout de même il y avait encore un moyen de l'atteindre lui, ce n'était pas grand, cette ouverture par où communiquer avec lui mais la vie était quand même en lui, à peine une écharde, mais une écharde quand même. La mort montait à l'assaut. 39,5 le premier jour. Puis 40. Puis 41. La mort s'essoufflait. 41 : le cœur vibrait comme une corde de violon. 41, toujours, mais il vibre. Le cœur, pensions-nous, le cœur va s'arrêter. Toujours 41. La mort, à coups de boutoir, frappe, mais le cœur est sourd. Ce n'est pas possible, le cœur va s'arrêter. Non. De la bouillie, avait dit le docteur, par cuillers à café. Six ou sept fois par jour on lui donnait de la bouillie. Une cuiller à café de bouillie l'étouffait, il s'accrochait à nos mains, il cherchait l'air et retombait sur son lit. Mais il avalait. De même six à sept fois par jour il demandait à faire. On le soulevait en le prenant par-dessous les genoux et sous les bras. Il devait peser entre trente-sept et trente-huit kilos : l'os, la peau, le foie, les intestins, la cervelle, le poumon, tout compris : trente-huit kilos répartis sur un corps d'un mètre soixante-dix-huit. On le posait sur le seau hygiénique sur le bord duquel on disposait un petit coussin : là où les articulations jouaient à nu sous la peau, la peau était à vif.

[...]

Une fois assis sur son seau, il faisait d'un seul coup, dans un glou-glou énorme, inattendu, démesuré. Ce que se retenait de faire le cœur, l'anus ne pouvait pas le retenir, il lâchait son contenu. Tout, ou presque, lâchait son contenu, même les doigts qui ne retenaient plus les ongles, qui les lâchaient à leur tour. Le cœur, lui, continuait à retenir son contenu. Le cœur. Et la tête. Hagarde, mais sublime, seule, elle sortait de ce charnier, elle émergeait, se souvenait, racontait, reconnaissait, réclamait. Parlait. Parlait. La tête tenait au corps par le cou comme d'habitude les têtes tiennent, mais ce cou était tellement réduit – on en faisait le tour d'une seule main – tellement desséché qu'on se demandait comment la vie y passait, une cuiller à café de bouillie y passait à grand-peine et le bouchait. Au commencement le cou faisait un angle droit avec l'épaule. En haut, le cou pénétrait à l'intérieur du squelette, il collait en haut des mâchoires, s'enroulait autour des ligaments comme un lierre. Au travers on voyait se dessiner les vertèbres, les carotides, les nerfs, le pharynx et passer le sang : la peau était devenue du papier à cigarettes. [...]

Dix-sept jours que nous cachons à ses propres yeux ce qui sort de lui de même que nous lui cachons ses propres jambes, ses pieds, son corps, l'incroyable. Nous ne nous sommes jamais habitués à les voir. On ne pouvait pas s'y habituer. Ce qui était incroyable, c'était qu'il vivait encore. Lorsque les gens entraient dans la chambre et qu'ils voyaient cette forme sous les draps, ils ne pouvaient pas en supporter la vue, ils détournaient les yeux. Beaucoup sortaient et ne revenaient plus. Il ne s'est jamais aperçu de notre épouvante, jamais une seule fois. Il était heureux, il n'avait plus peur.

Marguerite Duras, *La Douleur* [1985], Gallimard,
« Folioplus classiques », 2011.
© POL.

Interview imaginaire
de Fred Uhlman

▶▶ *Fred Uhlman, pouvez-vous vous
présenter?*

Je vais me présenter à la manière de Conrad
von Hohenfels dans mon livre: «Fred Uhlman, né le
19 janvier 1901 à Stuttgart, en Allemagne». Comme
mes deux personnages Hans et Conrad, j'ai suivi
des études dans un prestigieux lycée de Stuttgart.
Puis j'ai effectué des études de droit à l'université
pour devenir avocat, choisissant une autre voie
que celle de mon père, qui était médecin.

**Fred Uhlman
(1901-1985)**

▶▶ *Il semble y avoir beaucoup de points communs entre vous
et Hans. L'Ami retrouvé est-il un texte autobiographique?*

Ma vie m'a beaucoup inspiré pour écrire ce roman. Mais il ne s'agit
pas d'une autobiographie, puisque le narrateur et moi ne sommes pas la
même personne. En revanche, j'ai écrit un livre de souvenirs, *The Making
of an Englishman* (en français, *Il fait beau à Paris aujourd'hui*), en 1960,
quelques années avant *L'Ami retrouvé*.

▶▶▶ *Vous avez vécu dans plusieurs pays : pouvez-vous nous raconter cela ?*

Comme mon héros, Hans, je suis juif, et j'ai donc été contraint de m'exiler lorsque Hitler est arrivé au pouvoir en Allemagne en 1933 et que les persécutions nazies se multipliaient. Ma famille, comme celle de Hans, a été tuée durant cette période : mes parents sont morts au camp de concentration de Theresienstadt, et ma sœur Erna s'est jetée avec son bébé sous le train qui devait les mener au camp d'Auschwitz.

Les circonstances politiques m'ont conduit à déménager à de nombreuses reprises. Je me suis d'abord installé à Paris où j'ai fréquenté les milieux artistiques. Depuis cette époque, j'aime la peinture par-dessus tout, elle est devenue une partie importante de mon activité professionnelle. J'ai ensuite quitté la France pour l'Espagne, où j'ai rencontré celle qui allait devenir mon épouse, Diana, la fille d'un membre du Parlement britannique. En 1936, je l'ai suivie à Londres, en Grande-Bretagne, car nous devions quitter l'Espagne où la guerre civile sévissait. J'ai appris l'anglais et me suis intégré à la société britannique. Mon épouse et moi avons accueilli des intellectuels réfugiés et avons imaginé des moyens de combattre les nazis et d'assassiner Hitler. Malheureusement, en 1940, j'ai été arrêté par le gouvernement britannique, qui me suspectait d'être un espion puisque j'étais allemand ! J'ai été interné sur l'île de Man pendant six mois.

▶▶▶ *Comme Hans, vous êtes donc un exilé...*

C'est exact. Pendant vingt ans, j'ai renié mes origines, j'ai voulu oublier l'Allemagne. Je n'ai plus parlé ma langue maternelle, ou seulement en prenant un faux accent anglais. Je ne me suis pas senti bien accueilli en France. C'est en Grande-Bretagne que j'ai trouvé ma véritable patrie d'adoption ; pourtant, lorsque je suis arrivé à Londres, je ne connaissais ni la langue ni la culture anglaises. Je m'y suis ensuite parfaitement intégré, et ma façon de définir mon identité a beaucoup évolué depuis ma jeunesse : « avant 1933, je me sentais allemand avant d'être juif, je suis maintenant européen[1] ».

---

1. Émission *Apostrophes* du 8 mars 1985.

▶▶ *Quelle place L'Ami retrouvé a-t-il dans votre œuvre ?*

L'Ami retrouvé est mon premier roman. Je l'ai écrit en anglais, il a été publié sous le titre *Reunion*, en 1971. Il a connu un grand succès. Mon œuvre littéraire est très restreinte, je n'ai écrit que cinq livres, notamment la suite de *L'Ami retrouvé*, qui s'intitule *La Lettre de Conrad*. À ma demande, elle n'a été publiée qu'après ma mort, survenue en 1985. J'y ai imaginé la lettre que Conrad écrit à Hans quelques jours avant d'être exécuté : il demande à Hans de lui pardonner son erreur de jugement.

Contexte historique

La fin de la Première Guerre mondiale

De 1914 à 1918, la Première Guerre mondiale déchire l'Europe et le Moyen-Orient. L'Allemagne, l'Autriche-Hongrie et l'Empire ottoman (l'actuelle Turquie) s'unissent contre la Russie, la France et le Royaume-Uni. En 1915, l'Italie, puis en 1917, les États-Unis et leurs alliés, entrent à leur tour en guerre aux côtés des Anglais et des Français. En 1918, l'Europe est exsangue, ravagée par la guerre et les troubles révolutionnaires qui éclatent à l'Est et au centre du continent.

Le 11 novembre 1918, la fin des combats est signée à Rethondes, en forêt de Compiègne. Les vainqueurs (France, Royaume-Uni, États-Unis) imposent de très dures conditions de paix aux vaincus. Le 28 juin 1919, le traité de Versailles accable l'Allemagne, jugée responsable du déclenchement du conflit. Elle perd 15 % de son territoire, dont l'Alsace-Lorraine, qui est rendue à la France. Le pays est également privé de ses colonies. Son armée est réduite à 100 000 hommes. Enfin, l'Allemagne doit payer de lourdes réparations.

Ce traité, perçu comme un *diktat* (une chose imposée sous la contrainte) qui humilie et écrase l'Allemagne, crée un immense ressentiment et un désir de revanche dans le pays. C'est dans ce contexte, en 1920, qu'Adolf Hitler (1889-1945) crée le parti nazi, qui a pour but d'abolir le traité de Versailles et de restaurer la grandeur de l'Allemagne.

La montée des régimes totalitaires en Europe

Dans l'entre-deux-guerres, seule l'Europe de l'Ouest connaît des régimes démocratiques. En Hongrie, en Pologne, des régimes militaires sont en place. En Italie, Benito Mussolini (1883-1945), arrivé au pouvoir en 1922, établit une dictature fondée sur un parti de masse, le parti fasciste. En Russie, devenue l'URSS, Joseph Staline (1878-1953) assure dès 1924 son pouvoir personnel. Dans les années 1930, alors que le monde sombre dans la crise économique, l'URSS connaît un foudroyant démarrage industriel, mais dans le même temps, Staline élimine brutalement tous les opposants, et impose au pays des vagues de terreur successives. En Espagne, en juillet 1936, le général Francisco Franco (1892-1975) fait un coup d'État contre le gouvernement républicain et plonge le pays dans une guerre civile qui s'achève en 1939. Dès 1936, Hitler et Mussolini ont apporté leur aide à Franco. En 1939, les dictatures européennes se rapprochent : en août, Hitler et Staline signent un pacte d'alliance, le pacte germano-soviétique. Une semaine plus tard, en septembre 1939, Hitler envahit la Pologne.

La Seconde Guerre mondiale

Dès l'invasion de la Pologne par l'Allemagne, en septembre 1939, la France et le Royaume-Uni déclarent la guerre à l'Allemagne. En mai 1940, l'armée allemande lance une offensive sur les Pays-Bas, la Belgique et la France. En moins d'un mois, les trois pays sont vaincus et occupés. En 1941, la guerre prend une envergure mondiale : en juin, Hitler envahit l'URSS ; en décembre, son allié, le Japon, attaque les États-Unis à Pearl Harbor.

En Europe, Hitler impose un régime de terreur. En 1942, il instaure la «solution finale», c'est-à-dire l'extermination systématique de tous les Juifs d'Europe. En 1945, lorsque la guerre s'achève, près six millions de Juifs ont ainsi été tués dans les chambres à gaz. Des centaines de milliers de Tsiganes, de Slaves, d'opposants au régime nazi ont également été massacrés.

Repères chronologiques

1914	**Début de la Première Guerre mondiale.**
1917	**Révolution russe.**
1918	**Armistice entre l'Allemagne et les alliés: fin de la Première Guerre mondiale.**
1919	**Traité de Versailles.**
1920	**Création de la Société des Nations: trente-deux pays s'engagent à maintenir la paix.**
1922	**Arrivée au pouvoir de Benito Mussolini en Italie. La Russie devient l'URSS (Union des républiques socialistes soviétiques).**
1923	Max Ernst, *Ubu imperator* (peinture).
1924	**Arrivée au pouvoir de Joseph Staline en Russie.**
1929	**Krach boursier de Wall Street, à New York. Début de la crise économique.**
1932	Otto Dix, *La Guerre* (peinture).
1933	**Arrivée au pouvoir d'Adolf Hitler en Allemagne. Premiers camps de concentration. Boycott des commerces juifs.**
1935	**Lois de Nuremberg.**
1937	Pablo Picasso, *Guernica* (peinture).
1939	**Invasion de la Pologne par l'Allemagne. Début de la Seconde Guerre mondiale.**
1940	Charlie Chaplin, *Le Dictateur* (film).
1942	**Organisation de la «solution finale»: extermination systématique des Juifs.**
1944	**Débarquements alliés en Normandie puis en Provence. Libération de l'Europe de l'Ouest.**
1945	**Capitulation allemande puis japonaise: fin de la Seconde Guerre mondiale. Libération des camps de concentration et d'extermination.**
1971	Fred Uhlman, *L'Ami retrouvé* (roman).
1975	Georges Perec, *W ou le Souvenir d'enfance* (roman).
1989	Adaptation cinématographique de *L'Ami retrouvé* par Jerry Schatzberg.

Les grands thèmes de l'œuvre

L'amitié

Des origines et des croyances divergentes

Hans et Conrad ont des origines sociales très différentes. Conrad est issu d'une famille aristocratique, il appartient à une prestigieuse lignée qui a marqué l'histoire de l'Allemagne : «les Hohenfels faisaient partie de notre histoire», «leur célébrité était encore vivace» (p. 15). Hans, en revanche, a des origines plus modestes. Il est certes le fils d'un médecin, mais il provient d'une famille de Juifs polonais dont l'ascendance n'est pas connue.

Les deux adolescents ont également été élevés dans des religions et des états d'esprit divergents. Les croyances de Conrad sont ancrées dans la tradition chrétienne protestante. Hans, quant à lui, a «grandi parmi les Juifs et les chrétiens, laissé à [lui]-même et à [ses] idées personnelles sur Dieu» (p. 43), dans une grande ouverture d'esprit : on lui laisse le libre choix de ses convictions. D'ailleurs, la mère de Hans mêle les rites juifs et les rites catholiques sans que cela dérange quiconque dans la famille. La foi est le sujet d'échanges passionnés entre les deux adolescents : d'un côté, Hans nourrit de fortes interrogations sur l'existence de Dieu après l'épisode de l'incendie, et de l'autre, Conrad se plie à des arguments d'autorité et tente de reproduire le discours de son pasteur bien qu'il ne le comprenne pas (p. 46).

Une amitié cimentée par le goût du savoir

Malgré leurs différences, une amitié solide naît entre les deux héros, scellée par leur goût commun pour une culture savante et par leur soif de découvertes intellectuelles. Les deux amis partagent des réflexions philosophiques sur le sens de la vie et l'existence de Dieu. Ils se caractérisent par leur érudition, qui nourrit tout le récit. Ils récitent ensemble des poèmes entiers de Friedrich Hölderlin, leur poète préféré. Leurs connaissances touchent aussi bien à la peinture qu'à la sculpture, la littérature (roman, poésie, théâtre), la théologie et la science. Le récit est ponctué de références précises et explicites à des auteurs latins, grecs, allemands, anglais, français et russes, souvent mises en résonance avec le présent (Hans déplore par exemple de ne pas retrouver la distinction de «la duchesse de Guermantes» dans les jeunes filles qui peuplent son quotidien, p. 23). Leurs chambres ont l'allure de musées archéologiques, comme en témoigne la vitrine de Hans contenant des collections de pièces de monnaies et de pierres précieuses. C'est d'ailleurs par le moyen de ces collections que s'opère leur rapprochement (chap. 4).

Un regard presque amoureux

La force des sentiments qui unissent les deux amis se révèle dans un choix de mots parfois troublant tant ils se rapprochent du lexique amoureux. À ce titre, la comparaison de la page 29 est la plus explicite: «nous marchâmes de long en large comme deux jeunes amoureux, encore nerveux, encore intimidés». Le décor de la «douce et fraîche soirée de printemps» qui donne lieu à cette comparaison évoque le cadre idyllique d'un poème d'amour: «les amandiers étaient en fleur, les crocus avaient fait leur apparition, le ciel était bleu pastel et vert d'eau».

Cette tonalité presque amoureuse est posée dès l'incipit du roman: les premières pages ressemblent en effet à une scène de première rencontre amoureuse. Le pronom «il», qui renvoie à Conrad, ouvre le texte, et cette première rencontre a marqué le narrateur à jamais, ce qu'il exprime dans des termes qui semblent être hyperboliques (exagérés): «Je puis me rappeler le jour et l'heure où, pour la première fois, mon regard se posa sur ce garçon qui allait devenir la source de mon plus grand bonheur et de mon plus grand désespoir.» Le portrait physique de Conrad porte également la trace de ce regard presque amoureux que pose le narrateur sur lui: ce «garçon aux cheveux d'or» a des «traits joliment ciselés» (p. 17), «tout [l]'attirait vers lui, [...] la fierté de son maintien, ses manières, son élégance, sa beauté» (p. 23).

Un idéal exigeant

Hans s'est forgé une haute idée de l'amitié, qu'il projette de réaliser avec Conrad. Cet idéal se caractérise par «un besoin passionné d'abnégation absolue et désintéressée» (p. 22), à tel point que le jeune garçon va jusqu'à penser pouvoir donner sa vie pour son ami: «j'eusse admis que mourir *pro amico* était également *dulce et decorum*». C'est cette amitié marquante et unique qui nourrit le cœur du récit. Cependant Conrad n'est d'aucun soutien pour son ami qui subit l'antisémitisme de son entourage. Pour Hans, la déception est à la hauteur de ses attentes en matière d'amitié : « J'avais encore un faible espoir qu'*il* me guetterait, me viendrait en aide, me consolerait au moment où j'avais le plus besoin de lui. [...] J'étais seul désormais » (p. 92). Mais en participant à un complot pour renverser Hitler et en sacrifiant sa vie pour la cause de son ami et des Juifs en général, c'est finalement Conrad qui a, en quelque sorte, illustré la maxime de Hans.

Histoire et fiction

Un contexte historique réel

Hans et Conrad sont nés en 1916, dans une Allemagne en guerre. Seize ans plus tard, ils assistent à l'avènement d'Hitler et à la montée du nazisme dans un contexte économique difficile après la défaite de leur pays : « des croix gammées faisaient leur apparition sur les murs, un citoyen juif était molesté, quelques communistes étaient rossés » (p. 41). Le roman est tissé de références à des lieux, des événements, des personnes réels.

Le récit débute en 1932 et s'achève trente ans plus tard, lorsque le narrateur commente ces événements passés au présent, c'est-à-dire au moment de l'écriture. Strictement, la chronologie du récit couvre donc la Seconde Guerre mondiale. Mais celle-ci n'est pas évoquée explicitement : c'est un non-dit pour le narrateur, que le lecteur perçoit en toile de fond du récit. L'Histoire est intégrée comme un élément de l'histoire personnelle, que le narrateur a investi affectivement.

Des souvenirs de l'auteur à ceux du narrateur

Les points communs entre le narrateur du récit, Hans Schwarz, et son auteur, Fred Uhlman, sont nombreux. Nés à Stuttgart en janvier, au début du XXᵉ siècle, d'un père médecin et juif, ils ont vécu leur adolescence dans un pays qui tente de se reconstruire après la guerre, secoué par une crise économique sans précédent. Ils ont tous deux connu l'exclusion, puis l'exil. Comme l'auteur, le narrateur a tout fait pour oublier son adolescence en Allemagne, en oubliant jusqu'à sa langue natale et lui préférant l'anglais, appris tardivement : « je prétendais avoir du mal à parler allemand », écrit le narrateur page 101.

Mais il existe également des points communs entre Conrad et l'auteur. Tous deux ont en effet tenté de résister au totalitarisme, chacun à sa manière : les ultimes mots du roman nous apprennent que Conrad a participé à un complot contre Hitler ; Fred Uhlman, lui, a créé en Grande-Bretagne un centre destiné à recueillir des réfugiés, en particulier des artistes ayant fui l'Allemagne nazie, mais aussi des combattants espagnols résistant à la dictature franquiste. On peut donc légitimement penser que la vie et les souvenirs de Fred Uhlman ont été sa source d'inspiration pour écrire ce roman.

Donner au récit l'apparence de la vérité

Mais la dimension autobiographique du roman s'arrête là. Si le récit se rapproche fortement de la réalité, il n'en a que l'apparence. L'auteur a d'ailleurs choisi de donner à son héros (qui s'exprime à la première personne du singulier) un autre nom que le sien. À ce titre, le récit peut être caractérisé comme une autobiographie fictive. Le talent de l'écrivain réside ici même : faire croire au lecteur que cette relation d'amitié a réellement existé, nourrir la fiction par le réel, pour lui donner d'autant plus de force.

Vers l'écrit du Brevet

L'épreuve de français du Diplôme national du Brevet dure trois heures. Le sujet se compose de deux parties. La première partie est constituée de questions sur un texte, d'un exercice de réécriture et d'une dictée. La deuxième partie est une rédaction.

SUJET

> *Hans Schwarz est un jeune lycéen allemand qui n'a jamais trouvé un ami qui lui corresponde parfaitement. Il explique pourquoi aucun garçon de sa classe n'a jusque-là retenu son attention. Il expose dans ce passage son idéal de l'amitié, qu'il projette de vivre avec un élève nouvellement arrivé dans sa classe, Conrad von Hohenfels.*
>
> Je ne puis me rappeler exactement le jour où je décidai qu'il fallait que Conrad devînt mon ami, mais je ne doutais pas qu'il le deviendrait. Jusqu'à son arrivée, j'avais été sans ami. Il n'y avait pas, dans ma classe, un seul garçon qui
> 5 répondît à mon romanesque idéal de l'amitié, pas un seul que j'admirais réellement, pour qui j'aurais volontiers donné ma vie et qui eût compris mon exigence d'une confiance,

d'une abnégation[1] et d'un loyalisme[2] absolus. Tous m'apparaissaient comme des Souabes[3] bien portants et dépourvus
10 d'imagination, plus ou moins lourds et assez insignifiants, et
les membres du Caviar[4] eux-mêmes n'y faisaient pas exception. La plupart d'entre eux étaient gentils et je m'entendais
assez bien avec eux. Mais tout comme je n'avais pas pour eux
de sympathie particulière, ils n'en avaient pas pour moi. Je
15 n'allais jamais chez eux et ils ne venaient jamais chez moi.
Peut-être une autre raison de ma froideur était-elle due à ce
que tous avaient l'esprit terriblement positif et savaient déjà
ce qu'ils seraient plus tard : avocats, officiers, professeurs,
pasteurs, banquiers. Moi seul n'en avais aucune idée ; je
20 me bornais à de vagues rêveries et à des désirs plus vagues
encore. Je ne souhaitais qu'une chose : voyager, et je croyais
que je serais un jour un grand poète.

J'ai hésité avant d'écrire : « un ami pour qui j'aurais volontiers donné ma vie ». Mais, même après trente années écou-
25 lées, je crois que ce n'était pas une exagération et que j'eusse
été prêt à mourir pour un ami, presque avec joie.

Fred Uhlman, *L'Ami retrouvé*, chap. 3.

---

1. **Abnégation** : dévouement, sens du sacrifice.
2. **Loyalisme** : fidélité sans faille.
3. **Souabes** : habitants d'une ancienne région d'Allemagne.
4. Trois élèves, élitistes et d'origine aristocratique, sont surnommés le « Caviar de la classe ».

Première partie

■ *Questions* (15 points)

I. Un récit à la première personne (5 points)

1. a. Qui est le narrateur de l'histoire ? **(1 point)**
b. En vous appuyant sur la réponse précédente, dites quel est le point de vue narratif du texte. **(1 point)**

2. « Je croyais que je serais un jour un grand poète. » Donnez le mode, le temps et la valeur des verbes de cette phrase. **(1 point)**

3. Relevez un passage qui montre que le narrateur fait un effort de mémoire. **(0,5 point)**

4. Combien de temps s'est écoulé entre le temps du récit et le temps de son écriture ? **(0,5 point)**

5. L'emploi de la première personne indique-t-il que ce texte est une autobiographie ? Pourquoi ? **(1 point)**

II. Le refus du conformisme (5 points)

6. Relevez deux expressions qui montrent que le narrateur est isolé du reste de la classe. **(1 point)**

7. « [Les autres élèves] savaient déjà ce qu'ils seraient plus tard : avocats, officiers, professeurs, pasteurs, banquiers. »
a. Comment appelle-t-on la suite de mots soulignés ? **(0,5 point)**
b. Quels points communs ces professions ont-elles ? **(0,5 point)**
c. Relevez un passage qui montre que les aspirations du narrateur diffèrent totalement de celles de ses camarades de classe. **(1 point)**

8. « Je n'allais jamais chez eux et ils ne venaient jamais chez moi. » Comment la phrase est-elle construite ? Identifiez les deux propositions qui la composent, indiquez leur forme et la façon dont elles sont reliées. **(1 point)**

9. Quelle attitude le narrateur adopte-t-il par rapport aux autres élèves de la classe ? **(1 point)**

III. Un idéal d'amitié (5 points)

10. Quel est le champ lexical dominant des lignes 1 à 8 ? Appuyez-vous sur un relevé précis en identifiant la classe grammaticale des mots relevés. **(1,5 point)**

11. « Il n'y avait pas, dans ma classe, un seul garçon qui répondît à mon romanesque idéal de l'amitié. » Donnez la classe grammaticale et la fonction du groupe de mots souligné. **(1 point)**

12. De quoi le narrateur dit-il être capable pour un ami ? Relevez les deux passages qui l'indiquent. **(1 point)**

13. Montrez que le narrateur a une conception de l'amitié exigeante et idéalisée. **(1,5 point)**

■ *Réécriture* (4 points)

« Tous m'apparaissaient comme des Souabes bien portants et dépourvus d'imagination, plus ou moins lourds et assez insignifiants. » Réécrivez ce passage en remplaçant « tous » par « elle ». Vous ferez toutes les modifications nécessaires.

■ *Dictée* (6 points)

Votre professeur vous dictera un extrait de *L'Ami retrouvé* : chapitre 1, lignes 1 à 20 (p. 11).

Deuxième partie

Vous traiterez au choix l'un des deux sujets suivants.
L'utilisation d'un dictionnaire de langue française est autorisée.

■ *Sujet de réflexion* (15 points)

Dans cet extrait, le narrateur donne sa vision de l'amitié idéale
en s'appuyant sur son expérience vécue. À votre tour, proposez votre
définition de l'amitié en l'illustrant par des exemples tirés de votre
vie quotidienne.

Critères de réussite

– Narration à la première personne du singulier
– Définition précise de l'amitié
– Illustration par des exemples tirés de votre expérience personnelle
– Richesse du vocabulaire, en particulier le lexique des sentiments
– Qualité de la langue

■ *Sujet d'imagination* (15 points)

Hans décide d'écrire une lettre à Conrad pour lui dire qu'il souhaite
le connaître davantage, car il est certain qu'une solide amitié peut
se nouer entre eux. Pour inciter Conrad à devenir son ami, Hans met en
avant plusieurs arguments: certains font appel à la raison et d'autres
aux émotions. Rédigez cette lettre.

Critères de réussite

– Respect des règles de présentation d'une lettre intime
– Présence d'arguments rationnels et affectifs
– Illustration par des exemples
– Richesse et variété du vocabulaire
– Qualité de la langue

Fenêtres sur...

 Des ouvrages à lire

Des amitiés sur fond de conflit historique

• Jacques de Lacretelle, *Silbermann* [1922], Gallimard, « Folio », 1973.
Silbermann est le récit d'une amitié entre deux adolescents : le narrateur et un autre élève de la classe, Silbermann. Silbermann est juif, il est persécuté à l'école. Le narrateur raconte son combat pour défendre son ami contre les injustices qu'il subit au lycée.

• Kressman Taylor, *Inconnu à cette adresse* [1938], LGF, « Le livre de poche jeunesse », 2009.
Cette nouvelle épistolaire met en scène la correspondance de Martin Schulse, un Allemand, et Max Eisenstein, un Juif américain, entre 1932 et 1934. Leur belle histoire d'amitié est bouleversée par l'avènement du nazisme : Martin se laisse convaincre par l'idéologie nazie et commet un acte irréversible.

• Hans Peter Richter, *Mon ami Frédéric* [1961], LGF, « Le livre de poche jeunesse », 2009.
Deux jeunes garçons, Frédéric et le narrateur, vivent une amitié forte qui est bouleversée par les événements historiques. Le récit a en effet lieu en Allemagne, pendant la Seconde Guerre mondiale, et Frédéric subit des

persécutions car il est juif. Le roman comporte de nombreuses similitudes avec L'Ami retrouvé, *mais c'est ici l'antisémitisme du père du narrateur qui sépare les amis.*

• **Mervet Akram Sha'Ban, Galit Fink, *Si tu veux être mon amie* [1992], Gallimard, « Folio junior », 2008.**
Il s'agit d'un roman épistolaire sur fond de conflit israélo-palestinien, à l'origine écrit en arabe et en hébreu. Deux adolescentes s'écrivent : Galit depuis Jérusalem et Mervet depuis un camp palestinien. Elles tentent de devenir amies et croient que la paix pour leurs pays est possible. Cependant les événements historiques ont un impact fort sur leur amitié.

Des récits d'enfance autobiographiques

• **Marcel Pagnol, *La Gloire de mon père* [1957], Flammarion, « Student », 1974.**
Il s'agit du premier tome des Souvenirs d'enfance de l'écrivain, qui se focalise principalement sur la figure paternelle. Avec le souvenir de son regard d'enfant, Marcel Pagnol relate les joies simples de sa jeunesse, les bêtises, l'admiration pour son père, les journées dans la garrigue.

• **Romain Gary, *La Promesse de l'aube* [1960], Gallimard, « Folioplus classiques », 2009.**
Romain Gary revient avec humour sur son enfance et sur sa vie d'adulte, en Russie puis en France, et souligne le rôle majeur qu'y a joué une mère dévouée dont le rêve était que son fils devienne célèbre.

• **Jean-Paul Sartre, *Les Mots* [1964], Gallimard, « Folio », 1995.**
À la fin de sa carrière littéraire, le grand écrivain Jean-Paul Sartre raconte son enfance, de quatre à onze ans, souvent avec autodérision, et montre le rôle que ses origines et sa famille ont joué dans son identité d'homme de lettres.

• **Georges Perec, *W ou le Souvenir d'enfance* [1975], Gallimard, « L'imaginaire », 1993.**
Ce livre étonnant fait alterner une fiction, en italique, et un récit autobiographique, qui n'ont en apparence pas de lien. Georges Perec y consigne de modestes souvenirs d'enfant, sur fond de persécutions contre les Juifs.

• Nathalie Sarraute, *Enfance* [1983], Gallimard, «Folioplus classiques», 2004.
Dans cette autobiographie, Nathalie Sarraute relate sa jeunesse, déchirée entre deux parents divorcés, déchirée entre la Russie et la France. Avec une écriture très singulière (une sorte de dialogue fictif avec elle-même), elle peint notamment le portrait d'une mère distante qui l'abandonne durant son adolescence.

• Azouz Begag, *Le Gône du Chaaba* [1986], Le Seuil, «Points», 2005.
Dans les années 1960, Azouz vit dans un bidonville, près de Lyon. Il est Algérien, mais n'a jamais vécu en Algérie; il vit en France, mais il n'est pas intégré à cette société qu'il admire. Mais l'intolérance face à cet Arabe qui travaille bien à l'école ne vient pas uniquement d'où l'on pourrait le croire... Ce livre retrace une histoire personnelle de façon très drôle, et témoigne aussi d'une page importante de l'histoire française.

 ## Des films à voir

(Toutes les œuvres citées ci-dessous sont disponibles en DVD.)

Sur l'amitié

• *Jeux interdits*, René Clément inspiré d'un roman de François Boyer, noir et blanc, 1952.
Pendant la Seconde Guerre mondiale, Paulette, une petite fille de cinq ans, se retrouve orpheline à la suite d'une fusillade. Michel, un garçon de dix ans, la conduit chez lui, dans la ferme de ses parents. Une belle amitié naît entre ces deux enfants qui inventent des jeux «interdits» et tentent d'appréhender la mort à leur façon, en offrant une sépulture à tous les animaux morts qu'ils trouvent.

• *Mina Tannenbaum*, Martine Dugowson, couleurs, 1994.
Mina et Éthel, deux jeunes parisiennes issues de familles juives, se rencontrent durant leur enfance et restent inséparables pendant l'adolescence et jusqu'à l'âge adulte. Elles partagent et échangent leur point de vue sur le monde, leurs rencontres, leurs expériences.

• *Les Cerfs-volants de Kaboul*, Marc Forster inspiré d'un roman
de Khaled Hosseini, couleurs, 2007.
*Ce film relate l'amitié entre deux jeunes garçons, Amir et Hassan, à Kaboul,
dans les années 1970. Amir, par lâcheté, trahit son ami d'enfance. Des
années plus tard, il revient dans un Afghanistan marqué par l'histoire dou-
loureuse des Talibans, et tente de racheter sa faute.*

Une satire d'Adolf Hitler

• *Le Dictateur*, Charles Chaplin, noir et blanc, 1940.
*Dans les années 1930, un dictateur sème la terreur. Un barbier juif se trouve
être son sosie. Un concours de circonstances le conduit à prononcer à la
place du dictateur un discours faisant l'éloge de la liberté. Charlie Chaplin
propose une satire hilarante d'Adolf Hitler, sans jamais le nommer, prouvant
que le rire est une arme de contestation.*

Un récit d'enfance sous un régime totalitaire

• *Persepolis*, Marjane Satrapi, film d'animation, 2007.
*À Téhéran (en Iran), en 1978, Marjane, une fillette de huit ans, assiste à la
chute du régime du Shah et à la révolution. Pour la protéger, ses parents
l'envoient en Autriche. Persepolis raconte son exil et la difficulté de retrouver ses racines. Le film est adapté d'une bande dessinée autobiographique
qui témoigne à la fois de l'histoire de l'Iran et du parcours de vie de l'auteur,
avec beaucoup d'humour malgré la gravité des événements relatés.*

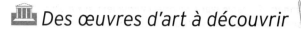 Des œuvres d'art à découvrir

(Toutes les œuvres citées ci-dessous peuvent être vues sur Internet.)

Des représentations de soi par des artistes

Fred Uhlman semble se cacher derrière le narrateur de *L'Ami retrouvé*, et pourtant ce n'est pas lui... Prolongez la réflexion sur la représentation de soi à travers une œuvre d'art, avec des autoportraits de Rembrandt, Francisco de Goya et Vincent Van Gogh.

• Rembrandt, *Portrait de l'artiste à la toque et à la chaîne d'or*, huile sur toile, 1633, musée du Louvre, Paris.

• Francisco de Goya, *Autoportrait aux lunettes*, huile sur toile, vers 1800, musée Goya, Castres.

• Vincent van Gogh, *Autoportrait au chapeau de feutre*, huile sur toile, 1888, musée Van-Gogh, Amsterdam, Pays-Bas.

Des représentations de la guerre

• Otto Dix, *La Guerre*, tempera sur bois, 1929-1932, Gemäldegalerie Neue Meister, Dresde, Allemagne.
La toile représente un champ de bataille ravagé par la mort, qui illustre l'horreur et l'inhumanité de la guerre des tranchées de 1914-1918.

• Pablo Picasso, *Guernica*, huile sur toile, 1937, musée de la reine Sofia, Madrid, Espagne.
Peinte par Picasso à l'issue du bombardement allemand de la ville espagnole de Guernica en avril 1937, cette œuvre exprime le démantèlement d'un monde en proie aux horreurs de la guerre.

Art, pouvoir et propagande

• Max Ernst, *Ubu imperator*, huile sur toile, 1923, musée national d'Art moderne du Centre Pompidou, Paris.
Cette représentation de l'autorité met en avant son caractère grotesque, en faisant écho au Père Ubu, personnage principal de la pièce Ubu roi d'Alfred Jarry.

• Edwar Kienholz, *Portable War Memorial (Monument aux morts portable)*, sculpture, 1968, musée Ludwig, Cologne, Allemagne.
Le Portable War Memorial reprend des représentations de soldats au front pour les détourner : la propagande politique qui rend hommage à l'héroïsme de guerre est ici dénoncée de manière ironique.

@ Des sites Internet à consulter

Sur les écritures personnelles

• www.autopacte.org/index.html
Le site Autopacte *propose un répertoire de textes, sites, et documents sur les écritures personnelles, l'autobiographie et le récit d'enfance.*

Des vidéos d'archives historiques

• www.lesite.tv/videotheque
Ce site donne accès à de nombreux documents tels que des images soulignant les techniques de propagande nazies et des enregistrements de discours prononcés par Adolf Hitler.

Une interview de Fred Uhlman

• www.ina.fr/art-et-culture/litterature/video/CPB85050436/histoires-d-exiles.fr.html
Pour voir et écouter Fred Uhlman, le site de l'Institut national de l'audiovisuel propose une captation de l'émission Apostrophes *du 8 mars 1985.*

Dans la même collection

CLASSICOCOLLÈGE

14-18 Lettres d'écrivains (anthologie) (1)

Contes (Andersen, Aulnoy, Grimm, Perrault) (93)

Fabliaux (94)

La Farce de maître Pathelin (75)

Gilgamesh (17)

Histoires de vampires (33)

La Poésie engagée (anthologie) (31)

La Poésie lyrique (anthologie) (49)

Le Roman de Renart (50)

Jean Anouilh – *Le Bal des voleurs* (78)

Guillaume Apollinaire – *Calligrammes* (2)

Honoré de Balzac – *Le Colonel Chabert* (57)

Béroul – *Tristan et Iseut* (61)

Lewis Carroll – *Alice au pays des merveilles* (53)

Driss Chraïbi – *La Civilisation, ma Mère!...* (79)

Chrétien de Troyes – *Yvain ou le Chevalier au lion* (3)

Jean Cocteau – *Antigone* (96)

Albert Cohen – *Le Livre de ma mère* (59)

Corneille – *Le Cid* (41)

Didier Daeninckx – *Meurtres pour mémoire* (4)

Annie Ernaux – *La Place* (82)

Georges Feydeau – *Dormez, je le veux!* (76)

Gustave Flaubert – *Un cœur simple* (77)

William Golding – *Sa Majesté des Mouches* (5)

Jacob et Wilhelm Grimm – *Contes* (73)

Homère – *L'Odyssée* (14)

Victor Hugo – *Claude Gueux* (6)

Joseph Kessel – *Le Lion* (38)

Jean de La Fontaine – *Fables* (74)

J.M.G. Le Clézio – *Mondo et trois autres histoires* (34)

Jack London – *L'Appel de la forêt* (30)

Guy de Maupassant – *Histoire vraie et autres nouvelles* (7)
Guy de Maupassant – *Le Horla* (54)
Guy de Maupassant – *Nouvelles réalistes* (97)
Prosper Mérimée – *Mateo Falcone* et *La Vénus d'Ille* (8)
Molière – *L'Avare* (51)
Molière – *Le Bourgeois gentilhomme* (62)
Molière – *Les Fourberies de Scapin* (9)
Molière – *Le Malade imaginaire* (42)
Molière – *Le Médecin malgré lui* (13)
Molière – *Le Médecin volant* (52)
Jean Molla – *Sobibor* (32)
Ovide – *Les Métamorphoses* (37)
Charles Perrault – *Contes* (15)
Edgar Allan Poe – *Trois nouvelles extraordinaires* (16)
Jules Romains – *Knock ou le Triomphe de la médecine* (10)
Edmond Rostand – *Cyrano de Bergerac* (58)
Antoine de Saint-Exupéry – *Lettre à un otage* (11)
William Shakespeare – *Roméo et Juliette* (70)
Sophocle – *Antigone* (81)
John Steinbeck – *Des souris et des hommes* (100)
Robert Louis Stevenson – *L'Île au trésor* (95)
Jean Tardieu – *Quatre courtes pièces* (63)
Michel Tournier – *Vendredi ou la Vie sauvage* (69)
Fred Uhlman – *L'Ami retrouvé* (80)
Paul Verlaine – *Romances sans paroles* (12)
Anne Wiazemsky – *Mon enfant de Berlin* (98)

CLASSICOLYCÉE

Des poèmes et des rêves (anthologie) (105)
Guillaume Apollinaire – *Alcools* (25)
Honoré de Balzac – *Le Père Goriot* (99)
Charles Baudelaire – *Les Fleurs du mal* (21)
Charles Baudelaire – *Le Spleen de Paris* (87)
Beaumarchais – *Le Mariage de Figaro* (65)

Ray Bradbury – *Fahrenheit 451* (66)
Albert Camus – *La Peste* (90)
Emmanuel Carrère – *L'Adversaire* (40)
Corneille – *Médée* (84)
Dai Sijie – *Balzac et la Petite Tailleuse chinoise* (28)
Denis Diderot – *Supplément au Voyage de Bougainville* (56)
Marguerite Duras – *Un barrage contre le Pacifique* (67)
Paul Éluard – *Capitale de la douleur* (91)
Annie Ernaux – *La Place* (35)
Francis Scott Fitzgerald – *Gatsby le magnifique* (104)
Gustave Flaubert – *Madame Bovary* (89)
Romain Gary – *La Vie devant soi* (29)
Jean Genet – *Les Bonnes* (45)
J.-Cl. Grumberg, Ph. Minyana, N. Renaude – *Trois pièces contemporaines* (24)
Victor Hugo – *Le Dernier Jour d'un condamné* (44)
Victor Hugo – *Ruy Blas* (19)
Eugène Ionesco – *La Cantatrice chauve* (20)
Eugène Ionesco – *Le roi se meurt* (43)
Laclos – *Les Liaisons dangereuses* (88)
Mme de Lafayette – *La Princesse de Clèves* (71)
Marivaux – *L'Île des esclaves* (36)
Marivaux – *Le Jeu de l'amour et du hasard* (55)
Guy de Maupassant – *Bel-Ami* (27)
Guy de Maupassant – *Pierre et Jean* (64)
Molière – *Dom Juan* (26)
Molière – *L'École des femmes* (102)
Molière – *Le Tartuffe* (48)
Montesquieu – *Lettres persanes* (103)
Alfred de Musset – *On ne badine pas avec l'amour* (86)
George Orwell – *La Ferme des animaux* (106)
Pierre Péju – *La Petite Chartreuse* (92)
Francis Ponge – *Le Parti pris des choses* (72)
Abbé Prévost – *Manon Lescaut* (23)
Racine – *Andromaque* (22)
Racine – *Bérénice* (60)
Racine – *Phèdre* (39)

Arthur Rimbaud – *Œuvres poétiques* (68)
Paul Verlaine – *Poèmes saturniens* et *Fêtes galantes* (101)
Voltaire – *Candide* (18)
Voltaire – *L'Ingénu* (85)
Voltaire – *Zadig* (47)
Émile Zola – *La Fortune des Rougon* (46)
Émile Zola – *Nouvelles naturalistes* (83)

Pour obtenir plus d'informations, bénéficier d'offres spéciales enseignants ou nous communiquer vos attentes, renseignez-vous sur **www.collection-classico.com** ou envoyez un courriel à **contact.classico@editions-belin.fr**

Cet ouvrage a été composé par Palimpseste à Paris.

Imprimé en Espagne par Novoprint (Barcelone)
N° d'édition : 006161-04 – Dépôt légal : juillet 2013